AS CINCO PESSOAS QUE VOCÊ ENCONTRA NO CÉU

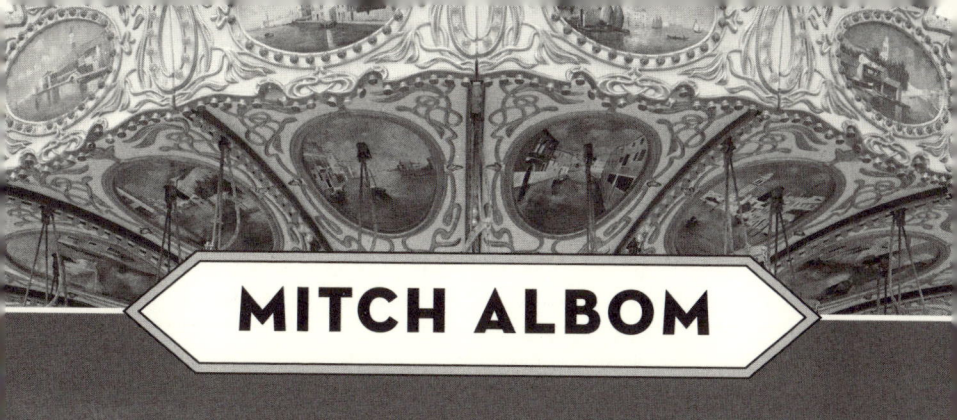

MITCH ALBOM

AS CINCO PESSOAS QUE VOCÊ ENCONTRA NO CÉU

SEXTANTE

Título original: *The Five People You Meet in Heaven*

Copyright © 2003 por Mitch Albom
Copyright da tradução © 2004 por GMT Editores Ltda.

Todos os direitos reservados. Nenhuma parte deste livro pode ser reproduzida sob quaisquer meios existentes sem autorização por escrito dos editores.

tradução: Pedro Jorgensen Junior

preparo de originais: Regina da Veiga Pereira e Alice Dias

revisão: Antonio dos Prazeres, Sérgio Bellinello Soares
e Tereza da Rocha

projeto gráfico e diagramação: Valéria Teixeira

capa: Victor Burton e Anderson Junqueira

imagens de capa: carrossel: Masterfile/Latinstock;
roda-gigante: Mats Silvan/Getty Images

impressão e acabamento: Lis Gráfica e Editora Ltda.

CIP-BRASIL. CATALOGAÇÃO NA PUBLICAÇÃO
SINDICATO NACIONAL DOS EDITORES DE LIVROS, RJ

A295a Albom, Mitch, 1958
     As cinco pessoas que você encontra no céu/ Mitch Albom; tradução de Pedro Jorgensen Junior; Rio de Janeiro: Sextante, 2018.
     192p.; 14 x 21cm.

     Tradução de: The Five People You Meet in Heaven
     ISBN 978-85-431-0611-3

     1. Ficção americana. I. Junior Jorgensen, Pedro.
II. Título.

18-47415

CDD: 813
CDU: 821.111(73)-3

Todos os direitos reservados, no Brasil, por
GMT Editores Ltda.
Rua Voluntários da Pátria, 45 – 14.º andar – Botafogo
22270-000 – Rio de Janeiro – RJ
Tel.: (21) 2538-4100
E-mail: atendimento@sextante.com.br
www.sextante.com.br

Este livro é dedicado ao meu querido tio Edward Beitchman, que me transmitiu a primeira ideia do céu. Todo ano, à mesa do Dia de Ação de Graças, ele falava da noite em que acordou no hospital e viu as almas dos seus entes queridos já falecidos sentadas na beira da cama, esperando por ele. Eu nunca esqueci essa história. E nunca o esqueci.

Todo mundo, assim como a maioria das religiões, tem uma ideia do que é o céu, e todas merecem respeito. A versão aqui apresentada é apenas uma hipótese, um desejo, de certa forma, de que meu tio e outros como ele – pessoas que se consideravam insignificantes na Terra – percebam, finalmente, como foram importantes e queridas.

Sumário

Fim	9
Hoje é aniversário de Eddie	27
A jornada	28
Hoje é aniversário de Eddie	30
A chegada	32
A primeira pessoa que Eddie encontra no céu	37
Hoje é aniversário de Eddie	41
Hoje é aniversário de Eddie	48
A primeira lição	50
Domingo, 3 da tarde	54
Hoje é aniversário de Eddie	55
A segunda pessoa que Eddie encontra no céu	59
Hoje é aniversário de Eddie	77
A segunda lição	90
Segunda-feira, 7:30 da manhã	95
A terceira pessoa que Eddie encontra no céu	96
Hoje é aniversário de Eddie	99
Hoje é aniversário de Eddie	113
Hoje é aniversário de Eddie	124

A terceira lição	127
Quinta-feira, 11 da manhã	139
A quarta pessoa que Eddie encontra no céu	140
Hoje é aniversário de Eddie	145
Hoje é aniversário de Eddie	154
A quarta lição	166
Sexta-feira, 3:15 da tarde	170
A quinta pessoa que Eddie encontra no céu	173
Hoje é aniversário de Eddie	176
A última lição	178
Epílogo	186
Agradecimentos	188

Fim

Esta é a história de um homem chamado Eddie. Ela começa pelo fim, com Eddie morrendo sob o sol. Pode parecer estranho uma história começar pelo fim. Mas todos os fins são também começos. Embora, quando acontecem, não saibamos disso.

༄

A hora final da vida de Eddie foi passada, como a maioria das outras, no Ruby Pier, um parque de diversões situado às margens de um grande oceano cinzento. O parque tinha as atrações de costume: deque à beira-mar, montanha-russa, carrinhos bate-bate, quiosque de bala puxa-puxa e um fliperama onde se podia jogar água na boca do palhaço. Tinha também um brinquedo novo e grande chamado Cabum do Freddy, e era por causa dele que Eddie ia morrer, num acidente que seria notícia em todo o estado.

༄

Na época em que morreu, Eddie era um velho atarracado de cabelos brancos, pescoço curto, peito estufado, braços vigorosos e uma tatuagem do Exército desbotada no ombro direito. Suas pernas agora eram finas e cheias de veias, e seu joelho esquerdo, ferido na guerra, estava destruído pela artrite. Usava uma bengala para caminhar. Tinha um rosto largo, queimado de sol, suíças de marinheiro e uma queixada um pouco proeminente que lhe dava um aspecto mais orgulhoso do que ele propriamente era. Levava sempre um cigarro atrás da orelha direita e uma corrente com um molho de chaves enganchada no cinto. Usava sapatos de sola de borracha. E um velho boné de pano. Seu uniforme marrom-claro sugeria que era um trabalhador, e ele era.

O trabalho de Eddie consistia em fazer a manutenção dos brinquedos do parque, o que na verdade significava mantê-los seguros. Toda tarde ele percorria o parque verificando cada uma das atrações, da Rumba ao Toboágua. Procurava tábuas quebradas, travas frouxas, ferragens desgastadas. Às vezes parava, com os olhos vidrados, e as pessoas que passavam tinham a impressão de que havia algo errado. Mas ele só estava ouvindo. Depois de todos aqueles anos, era capaz de ouvir um problema, ele dizia, nas cuspidas, nas gagueiras e nos zumbidos dos equipamentos.

Com cinquenta minutos ainda por viver na Terra, Eddie começou sua última caminhada pelo Ruby Pier. Passou por um casal de velhos.
– Olá, pessoal – murmurou, tocando no boné.
Educadamente, eles responderam com um movimento de

cabeça. Os fregueses conheciam Eddie. Pelo menos os frequentadores. Verão após verão, eles o viam ali, era uma dessas caras que a gente associa a um lugar. Seu uniforme de trabalho levava um distintivo no peito no qual se lia EDDIE logo acima da palavra MANUTENÇÃO, razão pela qual as pessoas às vezes diziam: "Lá vai o Eddie Manutenção", embora ele não achasse a menor graça nisso.

Hoje, por acaso, é aniversário de Eddie. Oitenta e três anos. Na semana anterior, o médico lhe dissera que ele sofria de herpes-zóster. Herpes-zóster? Eddie não fazia ideia do que fosse isso. Antes ele era tão forte que conseguia levantar um cavalo do carrossel em cada braço. Muito tempo atrás.

༄

– Eddie!... Me leva, Eddie!... Me leva!

Quarenta minutos para a sua morte. Eddie caminhou até o início da fila da montanha-russa. Ele andava em todos os brinquedos pelo menos uma vez por semana para ter certeza de que os freios e comandos funcionavam perfeitamente. Hoje era o dia da montanha-russa – Montanha Fantasma era como esta se chamava –, e os garotos que conheciam Eddie berravam pedindo para ir no carro com ele.

As crianças gostavam de Eddie. Os adolescentes não. Os adolescentes lhe davam dor de cabeça. Depois de tantos anos, Eddie imaginava já ter visto todo tipo de adolescente vadio e desaforado que existia no mundo. Mas as crianças eram diferentes. As crianças olhavam para Eddie – que, com sua mandíbula proeminente, parecia estar sempre sorrindo, como um golfinho – e confiavam nele. Sentiam-se atraídas por ele como mãos frias pelo fogo. Abraçavam suas pernas. Brincavam com suas chaves. Eddie só grunhia, sem dizer quase nada. Imaginava que era porque não falava muito que as crianças gostavam dele.

Eddie bateu nos ombros de dois garotinhos com bonés de beisebol virados para trás. Eles correram até o carrinho e se atiraram dentro dele. Eddie entregou sua bengala ao operador do brinquedo e se acomodou vagarosamente entre os dois.

– Lá vamos nós... Lá vamos nós!... – guinchou um dos garotos, enquanto o outro colocava o braço de Eddie em torno dos seus ombros. Eddie baixou a barra de segurança e clec-clec-clec, lá se foram eles.

೨

Havia uma história a respeito de Eddie. Quando menino, nesse mesmo píer, ele se envolvera numa briga de rua. Cinco garotos da avenida Pitkin tinham encurralado seu irmão, Joe, e se preparavam para lhe dar uma surra. Eddie estava a uma quadra de distância, sentado na escada à entrada de uma casa, comendo um sanduíche, quando ouviu o irmão gritar. Correu até o beco, apanhou a tampa de uma lata de lixo e mandou dois garotos para o hospital.

೨

– A gente pode ir outra vez, Eddie? Por favor!

Trinta e quatro minutos de vida. Eddie levantou a barra de segurança, deu a cada um dos garotos uma bala, pegou de volta a sua bengala e saiu coxeando em direção à oficina de manutenção para se refrescar do calor do verão. Se soubesse que sua morte era iminente, talvez tivesse ido a outro lugar. Em vez disso, fez o que todos nós fazemos. Seguiu sua rotina monótona como se tivesse todos os dias do mundo à sua disposição.

Um dos trabalhadores da oficina, um rapaz desengonçado de rosto ossudo chamado Dominguez, estava na pia de solventes removendo a graxa de uma roda.

– Olá, Eddie – disse ele.

– Dom – respondeu Eddie.

A oficina cheirava a serragem. Era escura e apertada, com teto baixo e paredes cobertas por chapas perfuradas onde ficavam pendurados brocas, serras e martelos. Havia peças e partes de brinquedos espalhadas por toda parte: compressores, motores, cintos, lâmpadas, o alto da cabeça de um pirata. Junto a uma parede havia uma pilha de latas de café cheias de pregos e parafusos, e junto a outra, uma infinidade de potes de graxa.

Para lubrificar um trilho, dizia Eddie, não era preciso ter mais cérebro do que para lavar louça; a diferença era que, em vez de limpar, deixava mais sujo. Era este o tipo de serviço que Eddie fazia: colocar graxa, ajustar freios, afivelar cintos, verificar painéis eletrônicos. Muitas vezes ele teve vontade de sair daquele lugar, encontrar outro trabalho, construir um outro tipo de vida. Mas aí veio a guerra. Seus planos deram em nada. Quando caiu em si, já estava grisalho, usando calças largas, e, por causa do cansaço, era compelido a aceitar quem ele era e sempre seria: um homem com areia nos sapatos, num mundo de risadas mecânicas e salsichas grelhadas. Tal como seu pai, tal como a insígnia na sua camisa, Eddie era a manutenção – o chefe da manutenção –, ou, como os garotos às vezes o chamavam, "o homem dos brinquedos do Ruby Pier".

Trinta minutos de vida.
— Ei, feliz aniversário! Eu já soube... — disse Dominguez.
Eddie grunhiu.
— Vai ter festa, alguma coisa?
Eddie o olhou como se ele estivesse maluco. Por um momento pensou como era estranho estar envelhecendo num lugar que cheirava a algodão-doce.
— Eddie, não esqueça que eu vou estar fora na semana que vem, a partir de segunda-feira. Vou ao México.
Eddie assentiu movendo a cabeça, e Dominguez fez uns passos de dança.
— Eu e Thereza. Vamos ver a família inteira. Vai ser um festão.
Parou de dançar ao perceber que Eddie olhava para ele.
— Você já esteve lá? — perguntou Dominguez.
— Lá onde?
— No México.
Eddie suspirou.
— Eu nunca estive em nenhum lugar onde não tenha sido desembarcado com um fuzil na mão, rapaz.
Observou Dominguez voltar à pia. Pensou por um momento. Aí, pegou no bolso uma pequena carteira, tirou duas notas de vinte, as únicas que tinha, e lhe ofereceu.
— Compre alguma coisa bem bonita para a sua mulher — disse Eddie.
Dominguez olhou o dinheiro e abriu um grande sorriso:
— O que é isso, cara. Tem certeza?
Eddie pôs o dinheiro na mão de Dominguez. Depois saiu caminhando para a área de despejo. Um pequeno "buraco de pesca" fora feito nas pranchas do passeio anos antes. Eddie levantou a tampa de plástico e puxou uma linha de náilon que descia 25 metros até atingir o mar. Ainda tinha preso nela um pedaço de salsicha.

– Pegamos alguma coisa? – berrou Dominguez. – Diz pra mim que nós pegamos alguma coisa!
Eddie se perguntou como aquele sujeito podia ser tão otimista. Nunca havia nada naquela linha.
– Um dia – berrou Dominguez – a gente vai pegar um linguado gigante!
– Vai, sim – resmungou Eddie, sabendo que era impossível puxar um peixe daquele tamanho por um buraco tão pequeno.

༄

Vinte e seis minutos de vida. Eddie atravessou o deque até a extremidade sul. O movimento estava fraco. A garota atrás do balcão de bala puxa-puxa estava apoiada nos cotovelos, fazendo bolas com seu chiclete.

No passado, o Ruby Pier era o lugar para se ir no verão. Tinha elefantes, queima de fogos e maratonas de dança. Mas as pessoas não vinham mais aos píeres oceânicos; iam aos parques temáticos de 75 dólares, onde podiam tirar fotos fantasiadas de personagens de desenhos animados.

Eddie passou coxeando pelos carrinhos bate-bate e fixou os olhos num grupo de adolescentes encostados na grade de proteção. "Que ótimo", disse a si mesmo. "Era tudo o que eu precisava."

– Saiam daí – disse Eddie, batendo na grade com a bengala. – Vão embora. Este lugar não é seguro.

Os adolescentes o olharam, desafiantes. Os mastros dos carros chiavam ao contato com a corrente elétrica, zzzzap zzzzap.

– Não é seguro – repetiu Eddie.

Os adolescentes se entreolharam. Um garoto com uma mecha de cabelo alaranjada lhe dirigiu um sorrisinho desdenhoso e subiu na barra do meio da grade.

– Como é, caras, acertem em mim! – ele berrava, acenando para os jovens motoristas. – Me acert...

Eddie deu uma bengalada tão forte na grade que quase a partiu em dois.

– SAIAM DAÍ!

Os adolescentes saíram correndo.

༄

Contava-se uma outra história sobre Eddie. Quando soldado, ele entrara em combate diversas vezes. Tinha lutado com bravura. Ganhara até uma medalha. Mas no fim do seu tempo de serviço teve uma briga com um de seus companheiros. Desse jeito Eddie foi ferido. Ninguém sabia o que tinha acontecido com o outro sujeito.

Ninguém perguntava.

༄

Com dezenove minutos de vida restantes, Eddie sentou-se pela última vez numa velha cadeira de praia de alumínio. Seus braços curtos e musculosos estavam dobrados sobre o peito como nadadeiras de foca. Tinha as pernas vermelhas de sol e o joelho esquerdo marcado por cicatrizes. Na verdade, muita coisa no corpo de Eddie sugeria que se tratava de um sobrevivente. Seus dedos se dobravam em ângulos estranhos, graças a numerosas fraturas causadas por máquinas diversas. Tivera o nariz quebrado várias vezes no que chamava de "brigas de salão". Seu rosto, com aquela queixada larga, talvez tivesse sido bonito um dia, quem sabe como o de um pugilista profissional antes da luta.

Agora Eddie parecia apenas cansado. Este era o lugar onde costumava ficar no deque do Ruby Pier, atrás do Ligeirinho, que na década de 1980 era o Mexicano, que nos anos 1970 era o Pirulito, que nos anos 1950 era o Trem Fantasma e que antes disso era a Concha Acústica Chão de Estrelas.

Foi onde Eddie conheceu Marguerite.

Toda vida tem seu instantâneo de verdadeiro amor. O de Eddie aconteceu numa noite quente de setembro, depois de um temporal, em que o deque estava encharcado de água da chuva. Ela usava um vestido de algodão amarelo e um prendedor de cabelo cor-de-rosa. Eddie não disse muita coisa. Estava tão nervoso que sua língua parecia colada nos dentes. Dançaram ao som de uma grande orquestra, a Long Legs Delaney and His Everglades. Ele a convidou para tomar uma soda-limonada. Ela disse que tinha de ir embora porque, se não fosse, seus pais iam ficar zangados. Mas, enquanto se afastava, virou-se e acenou.

Foi esse o instantâneo. Pelo resto da vida, sempre que Eddie pensava em Marguerite, via esse momento, ela acenando por cima do ombro, com o cabelo escuro caindo sobre o olho. E sentia o mesmo transbordamento de amor.

Naquela noite, ele voltou para casa e acordou seu irmão mais velho para lhe dizer que tinha conhecido a mulher com quem ia se casar.

– Vai dormir, Eddie – gemeu o irmão.

Rrrrrruasssh. Uma onda quebrou na praia. Eddie tossiu alguma coisa que não quis ver. Cuspiu fora.

Rrrrrruasssh. Ele pensava um bocado em Marguerite. Agora,

nem tanto. Ela era como uma ferida debaixo de um curativo velho, e ele já se acostumara com o curativo.

Rrrrrruasssh.

O que era herpes-zóster?

Rrrrrruasssh.

Dezesseis minutos de vida.

☙

Nenhuma história existe isoladamente. As histórias às vezes se justapõem como azulejos numa parede, às vezes se superpõem umas às outras como pedras no leito de um rio.

O final da história de Eddie foi determinado por outra história aparentemente inocente quando, meses antes, numa noite nublada, um rapaz chegou ao Ruby Pier com três amigos.

O rapaz, que se chamava Nicky, acabara de aprender a dirigir. Como não gostava de carregar o chaveiro, tirou a chave do carro, colocou-a no bolso da jaqueta e amarrou a jaqueta em volta da cintura.

Durante as poucas horas seguintes, Nicky e seus amigos andaram em todos os brinquedos radicais: o Falcão Voador, a Corredeira, o Cabum e a Montanha-Russa.

– Mãos para cima! – gritava um deles.

E todos levantavam as mãos.

Já estava escuro quando retornaram ao estacionamento, exaustos e alegres, bebendo cerveja em copos de papel. Nicky pôs a mão no bolso da jaqueta. Vasculhou-o. E praguejou.

A chave não estava lá.

☙

Catorze minutos de vida. Eddie passou um lenço na testa e ficou observando o alegre movimento dos raios de sol dançando na superfície da água, no meio no oceano. Desde a guerra, ele nunca mais conseguiu andar equilibrado sobre os próprios pés.

Mas na época em que ficou na Concha Acústica Chão de Estrelas com Marguerite, Eddie ainda se movia com elegância. Fechou os olhos e se permitiu recordar a canção que os unira, aquela que Judy Garland cantava naquele filme. Ela agora se mistura em sua cabeça com a cacofonia das ondas se quebrando e das crianças gritando nos brinquedos.

"Você me fez amar você..."
Uoshhhh.
"... assim, eu não queria que fosse assim..."
Splleshh.
"... amar você..."
Aaaiiiiii!
"... você sabia o tempo todo, e todos os..."
Chiuishh.
"... você sabia..."

Eddie sentiu as mãos dela nos seus ombros. Fechou os olhos bem apertados para trazer a lembrança mais para perto.

Doze minutos de vida.
– Dá licença?

Uma garotinha, de uns 8 anos talvez, parou na frente dele, tapando o sol. Tinha cabelos louros cacheados, calçava sandálias de dedo e vestia shorts jeans curtinhos e uma camiseta verde--limão com um pato de gibi estampado na frente. Amy era o nome dela, se Eddie não estava enganado. Amy ou Annie. Ela viera muitas vezes nesse verão, embora Eddie nunca tivesse visto seu pai ou sua mãe.

– Dá liceeeeença – ela repetiu.
– Senhor Eddie da Manutenção?
– Eu mesmo – disse Eddie, suspirando.
– Eddie?
– Hum?
– O senhor pode fazer pra mim...

Ela juntou as mãos como se rezasse.

– Anda, menina. Eu não tenho o dia inteiro.
– O senhor faz um bichinho pra mim? Faz?

Eddie olhou para o alto, como se tivesse de pensar na resposta. Então, tirou do bolso da camisa três limpadores de cachimbo amarelos, que levava consigo justamente para essas ocasiões.

– Iiiissso! – disse a garotinha, batendo palmas.

Eddie começou a torcer os limpadores.

– Onde estão os seus pais?
– Andando nos brinquedos.
– Sem você?

A garota deu de ombros.

– Minha mãe está com o namorado dela.
– Ah – disse Eddie, olhando para cima.

Fez vários lacinhos com os limpadores de cachimbo, depois torceu os lacinhos uns em volta dos outros. Suas mãos agora tremiam, de modo que levou mais tempo do que costumava levar, mas logo os limpadores de cachimbo se transformaram em uma cabeça, duas orelhas, corpo e rabo.

– É um coelho? – perguntou a garotinha.

Eddie deu uma piscadela.

– Muuuito obrigada!

Ela se virou e foi embora, perdida em seus pensamentos.

Eddie passou a mão na testa outra vez, fechou os olhos, afundou na cadeira de praia e tentou trazer de volta à lembrança a antiga canção.
Uma gaivota grasnou no céu.

⁓

Como é que as pessoas escolhem suas últimas palavras? Será que elas se dão conta da sua gravidade? Serão necessariamente palavras sábias?
Em seu 83º aniversário, Eddie já perdera quase todas as pessoas de que gostava. Algumas morreram cedo, outras tiveram chance de envelhecer até serem levadas por uma doença ou um acidente. Nos enterros, Eddie sempre ouvia os presentes lembrarem o último diálogo do morto. "É como se ele soubesse que ia morrer...", alguém dizia.
Eddie nunca acreditou nisso. Até onde sabia, quando a hora de alguém chega, ela chega e está acabado. Você podia dizer alguma coisa inteligente na hora de ir, mas podia muito bem dizer uma bobagem também.
Registre-se, então, que as últimas palavras de Eddie foram: "Para trás!"

⁓

São estes os sons dos últimos minutos de Eddie na Terra. Ondas se quebrando. A batida distante de uma canção de rock. O zumbido do motor de um pequeno biplano arrastando um anúncio pela cauda. E isto:
"AI, MEU DEUS! OLHA LÁ!"

Eddie sentiu seus olhos girarem rapidamente embaixo das pálpebras. Com os anos, ele passara a conhecer todos os ruídos do Ruby Pier. Era capaz de dormir ouvindo-os, como se fossem um acalanto.

Mas esta voz não era um acalanto.

"AI, MEU DEUS! OLHA LÁ!"

Eddie levantou-se de um salto. Uma mulher de braços gordos e cheios de dobras segurava uma bolsa de compras e apontava para o alto, aos gritos. Uma pequena multidão se reuniu em volta dela, com os olhos voltados para o céu.

Eddie os viu imediatamente. No alto do Cabum do Freddy, a "queda livre da torre", que era a nova atração do parque, um dos carros se inclinara como se fosse despejar a sua carga. Quatro passageiros, dois homens e duas mulheres, presos apenas por uma barra de segurança, tentavam freneticamente se agarrar a qualquer coisa que estivesse à mão.

– AI, MEU DEUS! – gritava a mulher gorda. – OLHA LÁ AQUELAS PESSOAS! ELAS VÃO CAIR!

Uma voz guinchou no rádio preso à cintura de Eddie.

– Eddie! Eddie!

Ele apertou o botão.

– Estou vendo! Chame a segurança!

As pessoas que estavam na praia vieram correndo, apontando para o alto como se tivessem treinado para aquela situação. "Olha! Lá em cima! Elas vão cair!" Eddie pegou sua bengala e saiu coxeando até o gradil de segurança que cercava a plataforma, com o molho de chaves chacoalhando no quadril. Seu coração batia, acelerado.

O Cabum do Freddy soltava dois carros de cada vez, uma queda de revirar o estômago, detida no último instante por um freio hidráulico. Como é que um dos carros tinha se soltado daquele jeito? Estava pendurado uns poucos centímetros abaixo da plataforma superior, como se tivesse começado a descida e mudado de ideia.

Eddie chegou ao portão e respirou fundo. Dominguez veio correndo e quase lhe deu um encontrão.

– Escute – disse Eddie, agarrando Dominguez pelos ombros. Agarrou com tanta força que Dominguez fez uma cara de dor. – Escute! Quem está lá em cima?

– Willie.

– Tudo bem. Ele deve ter acionado a parada de emergência. É por isso que o carro está pendurado. Ponha a escada e diga a Willie para soltar manualmente a trava da barra de segurança para as pessoas poderem sair. Está certo? Fica na parte de trás do carro, de modo que você vai ter que segurá-lo para ele poder alcançá-la. Entendeu? Aí... aí, vocês dois... Os dois, não um só, entendeu bem?... Vocês dois tiram as pessoas de lá. Um segura o outro. Entendeu?... Entendeu?

Dominguez assentiu fazendo um gesto rápido com a cabeça.

– Depois manda esse maldito carro cá pra baixo pra gente descobrir o que foi que aconteceu!

A cabeça de Eddie latejava.

Embora nunca tivesse acontecido nenhum grande acidente no seu parque, ele conhecia as histórias de horror do ramo. Uma vez, em Brighton, a trava da gôndola se soltara e duas pessoas morreram na queda. Uma outra vez, no Wonderland Park, um homem tentara atravessar os trilhos da montanha-russa; não conseguiu e ficou pendurado pelas axilas. Ele gritava, sem conseguir sair, quando os carros vieram a toda a velocidade na sua direção e... Bem, aconteceu o pior.

Eddie tratou de tirar aquilo da cabeça. Havia muita gente ao seu redor agora, com as mãos na boca, vendo Dominguez subir a escada. Eddie ficou pensando nas entranhas do Cabum do Freddy. Motor. Cilindros. Sistema hidráulico. Vedações. Cabos...

Como é que um carro se solta? Visualizou todo o percurso das quatro pessoas aterrorizadas lá em cima, descendo pela torre até a base. Motor. Cilindros. Sistema hidráulico. Vedações. Cabos...
Dominguez chegou à plataforma superior. Fez o que Eddie lhe ordenara: ficou segurando Willie enquanto este se debruçava para soltar a trava na traseira do carro. Uma das mulheres se atirou em cima de Willie e quase o puxou para fora da plataforma. A multidão arquejou.

– Espera aí... – Eddie disse a si mesmo.

Willie tentou novamente. Dessa vez conseguiu soltar a trava.

– O cabo... – Eddie murmurou.

A barra se ergueu e a multidão fez "Ahhhhh". As quatro pessoas foram então rapidamente puxadas para a plataforma.

– O cabo está esgarçado...

Eddie estava certo. Dentro da base do Cabum do Freddy, sem que ninguém visse, o cabo que suspendia o segundo carro ficara durante os últimos meses roçando numa polia emperrada. Por estar emperrada, a polia esgarçara pouco a pouco os fios do cabo de aço – como se descascasse uma espiga de milho – até eles quase se romperem. Ninguém percebera. Como poderiam perceber? Só se arrastando por dentro do mecanismo alguém poderia ter visto a improvável causa do problema.

A polia tinha sido emperrada por um pequeno objeto que caíra pela abertura num instante preciso.

A chave de um carro.

☙

– Não solte o carro – gritou Eddie, agitando os braços. – EI! EEEIII! É O CABO! NÃO SOLTE O CARRO! O CABO VAI ARREBENTAR!

Sua voz foi abafada pela multidão que aplaudia delirantemente enquanto Dominguez e Willie resgatavam a última pessoa. A salvo, os quatro se abraçaram no alto da plataforma.

– DOM! WILLIE! – gritava Eddie. Alguém esbarrou na sua cintura, jogando o walkie-talkie no chão. Eddie se abaixou para pegá-lo. Willie foi até os controles e colocou o dedo no botão verde. Eddie olhou para cima.

– NÃO, NÃO, NÃO, NÃO FAÇA ISSO!

Alguma coisa na voz de Eddie deve ter chamado a atenção das pessoas; elas pararam de aplaudir e começaram a se espalhar. Abriu-se uma clareira em volta da base do Cabum do Freddy.

E Eddie viu o último rosto de sua vida.

Ela estava encolhida na base metálica do brinquedo, como se alguém a tivesse atirado ali, com o nariz escorrendo e lágrimas nos olhos. A garotinha com o bichinho de limpador de cachimbo. Amy? Annie?

– Minha... Mãe... Mamãe... – ela arfava quase ritmicamente, o corpo paralisado como o de toda criança que chora.

– Ma... Mãe... Ma... Mãe...

Os olhos de Eddie passaram da menina para os carros. Será que dava tempo? Da menina para os carros...

Uoump. Tarde demais. Os carros estavam caindo.

– Meu Deus, ele soltou o freio!

E para Eddie tudo entrou em câmera lenta. Deixou cair a bengala e deu um impulso com a perna defeituosa, sentindo um espasmo de dor que quase o derrubou. Um grande passo. Outro passo. Dentro da torre do Cabum do Freddy, o último fio do cabo de aço arrebentou e rasgou a tubulação hidráulica. O segundo carro estava agora em queda livre, sem nada que pudesse detê-lo, como um pedregulho que se solta de um penhasco.

Nesses momentos finais, Eddie teve a impressão de estar ouvindo os sons do mundo inteiro: gritos distantes, ondas, música, uma rajada de vento, um som baixo, forte e cavernoso que percebeu ser sua própria voz roncando no peito.

– Para trás!

A garotinha levantou os braços. Eddie se atirou. Sua perna defeituosa vergou. Ele saiu meio voando, meio tropeçando na direção dela e aterrissou na plataforma de metal, que rasgou sua camisa e dilacerou sua pele bem abaixo do aplique onde se lia EDDIE MANUTENÇÃO. Sentiu duas mãos na sua, duas mãozinhas pequenas.

Um impacto ensurdecedor.

Um raio de luz cegante.

Depois, nada.

Hoje é aniversário de Eddie

Estamos na década de 1920, num movimentado hospital de um dos bairros mais pobres da cidade. O pai de Eddie fuma cigarros na sala de espera, onde outros pais também estão fumando. A enfermeira entra com uma prancheta. Chama o nome dele, com a pronúncia errada. Os outros homens expelem fumaça. Quem é?
Ele levanta a mão.
– Parabéns – diz a enfermeira.
Ele a segue pelo corredor até o berçário. Seus sapatos estalam no chão.
– Espere aqui – diz ela.
Pelo vidro, ele a vê conferir os números dos bercinhos de madeira. Passa por um, não é o dele, por outro, esse não, outro, também não, outro mais, esse não.
Ela para. Aqui. Embaixo do cobertor. Uma cabecinha minúscula coberta com um gorro azul. Ela verifica novamente a prancheta e o aponta.
O pai respira, aliviado, e faz um gesto de aprovação com a cabeça. Por um momento, seu rosto parece desmoronar, como uma ponte desabando num rio. Aí ele sorri.
O dele.

A jornada

Eddie não viu nada do seu último momento na Terra: nem o píer, nem a multidão, nem o carro de fibra de vidro espatifado. Nas histórias que falam da vida após a morte, a alma costuma pairar sobre o momento do adeus, flutua sobre os carros da polícia nos acidentes rodoviários e se agarra como uma aranha nos tetos dos hospitais. São almas de pessoas que ganham uma segunda chance, pessoas que de alguma forma, por algum motivo, reassumem o seu lugar no mundo.

Eddie, ao que parece, não ia ter uma segunda chance.

ONDE...?
Onde...?
Onde...?
A cor do céu era um abóbora enevoado, depois um azul-turquesa profundo, depois um verde-limão brilhante. Eddie flutuava, com os braços ainda estendidos.
Onde...?
O carro estava caindo da torre. Ele se lembrava disso. A garotinha – Amy? Annie? – chorava. Lembrava-se disso também. E se lembrava de ter se atirado. Lembrava-se de ter se

chocado com a plataforma. E de ter sentido as mãozinhas dela na sua.

E aí?

Eu a salvei?

Tudo o que Eddie conseguia imaginar ficava muito distante, como se tivesse acontecido muitos anos atrás. E o mais estranho, não sentia nenhuma emoção associada ao que acontecera. Tudo o que sentia era calma, como uma criança aninhada nos braços da mãe.

Onde...?

O céu ao seu redor mudou outra vez de cor, ficou amarelo-alaranjado, depois verde-folha, depois um cor-de-rosa que Eddie por um momento associou, vejam só, a algodão-doce.

Eu a salvei?
Ela está viva?
Onde...
... está a minha aflição?
Onde está a minha dor?

Era isso o que faltava. Todas as feridas que sofrera, todas as dores que suportara – tudo desaparecera como um sopro. Não sentia nenhuma agonia. Não sentia nenhuma tristeza. Sua consciência parecia esfumaçada, fraca, incapaz de sentir qualquer coisa exceto calma. Embaixo dele as cores mudaram outra vez. Algo parecia estar girando. Água. Um oceano. Ele flutuava sobre um vasto mar amarelo. Agora amarelo-claro. Agora safira. E ele começou a cair velozmente em direção à superfície. Era mais rápido do que qualquer coisa que ele jamais imaginara, e no entanto havia apenas uma brisa em seu rosto, e não sentia nenhum medo. Viu as areias de uma praia dourada.

Logo estava debaixo d'água.
Logo tudo era silêncio.
Onde está a minha aflição?
Onde está a minha dor?

Hoje é aniversário de Eddie

Ele faz 5 anos de idade. É uma tarde de domingo no Ruby Pier. Mesas de piquenique estão arrumadas no deque que sobranceia a longa praia branca. Há um bolo de baunilha com velinhas azuis. Uma jarra de suco de laranja. Os trabalhadores do píer estão por ali: apresentadores, artistas, treinadores de animais, alguns pescadores. O pai de Eddie, como sempre, joga cartas. Eddie brinca aos seus pés. Seu irmão mais velho, Joe, faz flexões na frente de um grupo de senhoras que fingem interesse e aplaudem educamente.

Eddie está vestido com o seu presente de aniversário, um chapéu vermelho de caubói e um coldre de brinquedo. Ele se levanta e corre de um grupo para o outro, sacando o revólver de brinquedo e dizendo: "Bang, bang!"

– Vem aqui, garoto – acena Mickey Shea, sentado num banco.

– Bang, bang! – diz Eddie.

Mickey Shea trabalha com o pai de Eddie consertando os brinquedos. Ele é gordo, usa suspensórios e está sempre cantando canções irlandesas. Para Eddie, ele tem um cheiro engraçado, que parece de remédio para tosse.

– Vem cá. Me deixa dar as suas cabeçadas de aniversário – ele diz. – Como a gente faz na Irlanda.

De repente, Eddie é pego por debaixo dos braços pelas mãos grandes de Mickey, suspenso no ar, virado de cabeça para baixo e balançado pelos pés. O chapéu de Eddie cai no chão.

– Tome cuidado, Mickey! – grita a mãe de Eddie.

O pai ergue os olhos, sorri e retorna ao seu jogo de cartas.

– Ho, ho. Peguei ele – diz Mickey. – Agora. Uma cabeçada para cada ano.

Mickey abaixa Eddie com cuidado, até a cabeça dele roçar no chão.

– Um!

Mickey levanta Eddie novamente. Os outros se juntam, rindo. E gritam:

– Dois!... Três!

De cabeça para baixo, Eddie não sabe mais quem é quem. Sua cabeça fica pesada.

– Quatro!... – eles gritam. – Cinco!

Eddie é virado para a direita e colocado no chão. Todos aplaudem. Eddie estende a mão para pegar seu chapéu e tropeça. Levanta-se, cambaleia até Mickey Shea e lhe dá um soco no braço.

– Ho, ho! Para que isso, homenzinho? – diz Mickey.

Todos riem. Eddie se vira e sai correndo, três passos, até se ver colhido pelos braços de sua mãe.

– Tudo bem com você, meu aniversariantezinho querido?

Ela está a centímetros de seu rosto. Ele vê o batom muito vermelho da mãe, suas faces carnudas e macias e a ondulação de seu cabelo castanho-avermelhado.

– Eu estava de cabeça pra baixo – ele lhe diz.

– Eu vi – ela responde.

A mãe coloca o chapéu de volta na cabeça dele. Mais tarde irá passear com ele no píer, talvez levá-lo para um passeio no elefante, ou ver os pescadores puxarem suas redes noturnas, os peixes se sacudindo como moedinhas molhadas e lustrosas. Irá pegar a mão dele e dizer que Deus está orgulhoso por ele ser um bom menino no seu aniversário. Tudo isso fará o mundo voltar a ficar de cabeça para cima.

A chegada

Eddie acordou numa xícara de chá. Fazia parte de algum velho brinquedo do parque de diversões – uma grande xícara de chá de madeira escura e polida com assento estofado e porta com dobradiças metálicas. Os braços e pernas de Eddie pendiam das bordas. O céu continuava mudando de cor, de marrom couro-de-sapato para escarlate profundo.

Seu instinto foi procurar a bengala. Ele a conservara ao lado da cama nos últimos anos, porque havia manhãs em que não tinha mais força para se levantar sem ela. Isso o deixava embaraçado, ele que costumava cumprimentar os homens com socos nos ombros. Mas agora não havia mais bengala, de modo que Eddie respirou e tentou se levantar. Para sua surpresa, as costas não doeram. Sua perna não latejou. Com um puxão mais forte, ele se ergueu com facilidade sobre a borda da xícara de chá, aterrissando desajeitadamente no chão, onde foi assaltado por três breves pensamentos.

Primeiro, sentia-se ótimo.

Segundo, estava absolutamente só.

Terceiro, ainda estava no Ruby Pier.

Mas agora era um Ruby Pier diferente. Havia tendas de lona, áreas livres ajardinadas e tão poucos obstáculos que dava para ver o quebra-mar coberto de musgo. As cores dos brinquedos eram vermelho-corpo-de-bombeiros e branco-creme-de-leite

– não havia azul-esverdeados nem castanho-avermelhados – e cada brinquedo tinha a sua própria bilheteria feita de madeira. A xícara de chá dentro da qual ele acordara fazia parte de uma antiga atração chamada Gira-Mundo. Seu letreiro era de madeira compensada, como todos os demais letreiros baixos pendurados na frente dos quiosques alinhados no passeio.

Charutos El Tiempo! Isto Sim É que É Fumar
Sopa de Peixe, 50 centavos
Ande no Chicotinho – A Sensação do Momento!

Eddie pestanejou com força. Era o mesmo Ruby Pier da sua infância, de uns 65 anos atrás, só que todo novo e recém-lavado. Aqui estava o Loop que fora desmontado 20 anos antes, e lá as cabines de banho e as piscinas de água salgada demolidas na década de 1950. Mais adiante, destacando-se contra o céu, a primeira roda-gigante – com sua pintura branca original – e, além dela, as ruas do seu antigo bairro e os telhados dos edifícios de tijolos, com seus varais pendurados nas janelas.

Eddie tentou gritar, mas sua voz era como ar rascante. Fez menção de dizer "Ei!", mas nenhum som saiu da sua garganta.

Concentrou-se em seus braços e pernas. A não ser pela falta de voz, sentia-se incrivelmente bem. Andava em círculos. Pulava. Nenhuma dor. Nos últimos 10 anos, ele se esquecera de como era caminhar sem se encolher de dor, ou sentar sem ter de arranjar uma posição que aliviasse sua lombar. Por fora, parecia o mesmo daquela manhã: um velho atarracado, de peito estufado, usando um boné, bermuda e a camisa marrom da manutenção. Mas estava *lépido*. Tão lépido que era capaz de tocar a parte de trás do tornozelo e levantar a perna até a barriga. Explorava o próprio corpo como um bebê, fascinado por sua nova mecânica, um homem de borracha se alongando na direção que queria.

Então ele correu.

Ha ha! Correr! Eddie não corria de verdade havia mais de 60 anos, desde a guerra, mas estava correndo agora, inicialmente com passos cautelosos, depois em marcha acelerada, cada vez mais rápido, como o garoto corredor de sua juventude. Correu pelo deque do Ruby Pier, passou em frente a um estande de materiais para pesca (cinco dólares) e outro de aluguel de roupas de banho (três dólares). Passou correndo por um tubo de brinquedo chamado Labirinto em Alto-Mar. Correu pela Esplanada do Ruby Pier, embaixo de imponentes edifícios em estilo mourisco, com agulhas, minaretes e domos em forma de cebola. Passou correndo pelo Carrossel Parisiense, com seus cavalos entalhados em madeira, seus espelhos e seu órgão Wurlitzer, tudo brilhando de novo. Era como se, há menos de uma hora, ele não estivesse tirando ferrugem das suas peças na oficina.

Desceu ao coração do antigo passeio central, onde no passado trabalhavam os adivinhadores de peso, os videntes e os dançarinos ciganos. Abaixou o queixo e abriu os braços como um planador, dando saltos a cada poucos passos, como fazem as crianças, na esperança de ver o salto se transformar em voo. Talvez parecesse ridículo para quem estivesse olhando, um trabalhador de manutenção grisalho brincando de aviãozinho. Mas o menino corredor está dentro de todo homem, independentemente da idade que tenha.

E então Eddie parou de correr. Ouviu alguma coisa. Uma voz metálica, como que vinda de um megafone.

"E o que dizer deste aqui, senhoras e senhores? Vocês alguma vez já viram coisa tão horrenda?..."

Eddie estava em pé ao lado de uma bilheteria vazia, em frente a um grande teatro. Em cima, o cartaz dizia:

Os Cidadãos Mais Curiosos do Mundo.
O Espetáculo do Ruby Pier!
Fantástico! Eles São Gordos! Eles São Magros!
Vejam o Homem Selvagem!

O espetáculo. A casa dos horrores. O salão de promoções. Eddie lembrou que eles tinham parado de funcionar havia pelo menos 50 anos, na época em que a televisão se popularizara e as pessoas deixaram de procurar números circenses para excitar a imaginação.

"Olhem bem para este selvagem, nascido com um peculiaríssimo defeito..."

Eddie examinou atentamente a entrada. Ele topara com algumas pessoas realmente esquisitas nesse lugar. Uma delas era Jolly Jane, uma mulher que pesava mais de 200 quilos e precisava de dois homens para empurrá-la escada acima. Havia também as gêmeas siamesas que compartilhavam a espinha dorsal e tocavam instrumentos musicais. Havia os engolidores de espadas, as mulheres barbadas e uma dupla de irmãos índios cuja pele, de tanto ser esticada e embebida em óleos, ficara elástica e caía em grandes pregas de seus braços e pernas.

Quando criança, Eddie sentia pena desses artistas mambembes, obrigados a ficar sentados nas tendas e nos palcos, às vezes atrás de gradis, à disposição dos dedos apontados e dos olhares perversos dos fregueses que passavam. Um apresentador promovia a extravagância. E era a voz de um apresentador que Eddie escutava agora.

"Só um terrível golpe do destino poderia deixar um homem em estado tão lastimável! Do rincão mais longínquo do planeta, nós o trouxemos para ser visto por vocês..."

Eddie entrou na sala escura. A voz ficou mais alta.

"Esta alma trágica vem suportando uma perversão da natureza..."

Vinha do outro lado do palco.

"Só aqui, no Cidadãos Mais Curiosos do Mundo, vocês podem ver de perto..."

Eddie puxou a cortina para o lado.

"Regalem os seus olhos com o mais extraordin..."

A voz do apresentador sumiu. Eddie deu um passo para trás, sem acreditar no que via.

Sozinho no palco, sentado numa cadeira, havia um homem de meia-idade, de ombros estreitos e curvados, despido da cintura para cima. Sua barriga fazia uma dobra sobre o cinto. O cabelo era cortado rente. Tinha lábios finos e um rosto comprido, aparentando cansaço. Eddie já o esquecera havia muito, a não ser por um aspecto característico.

Sua pele era azul.

– Olá, Edward – o homem disse. – Eu estava esperando por você.

A primeira pessoa que Eddie encontra no céu

– Não tenha medo... – disse o Homem Azul levantando-se vagarosamente da cadeira. – Não tenha medo...
Sua voz era reconfortante, mas Eddie apenas olhava fixamente. Ele mal conhecera esse homem. Por que o estava vendo agora? Era um desses rostos que quando aparecem nos sonhos, na manhã seguinte a gente diz: "Você não imagina com quem eu sonhei esta noite."
– Seu corpo parece o de uma criança, não é?
Eddie disse que sim acenando com a cabeça.
– É porque você era criança quando me conheceu. Você começa com o mesmo sentimento que tinha na época.
Começa o quê?, pensou Eddie.
O Homem Azul ergueu o queixo. A sua pele tinha uma estranhíssima cor azul-acinzentada. Seus dedos eram enrugados. Ele saiu. Eddie o seguiu. O píer estava vazio. Será que o planeta inteiro estava vazio?
– Diga-me uma coisa – falou o Homem Azul. E apontou para uma montanha-russa de madeira, de duas corcovas, ao longe. Chicotinho. Fora construída em 1920, antes da invenção das rodas que correm debaixo dos trilhos, o que significava que os carros não podiam fazer as curvas muito depressa, a menos que

se quisesse vê-los saltar dos trilhos. – O Chicotinho. Ainda é o "passeio mais rápido da Terra"?

Eddie olhou para aquela geringonça barulhenta, desmontada havia muitos anos. Balançou a cabeça, acenando com um não.

– Ah – disse o Homem Azul. – Eu já imaginava. As coisas aqui não mudam. E também receio que não tenha esse negócio de ficar nas nuvens, olhando lá para baixo.

Aqui?, pensou Eddie.

O Homem Azul sorriu como se tivesse escutado a pergunta. Tocou no ombro de Eddie, que sentiu uma onda de calor diferente de tudo o que jamais sentira. Seus pensamentos começaram a se derramar em frases.

Como foi que eu morri?

– Um acidente – disse o Homem Azul.

Há quanto tempo estou morto?

– Um minuto. Uma hora. Mil anos.

Onde estou?

O Homem Azul contraiu os lábios e repetiu a pergunta, pensativo.

– Onde você está?

Virou-se e ergueu os braços. De repente, os brinquedos do velho Ruby Pier começaram a funcionar: a roda-gigante girou, os carrinhos bate-bate saíram trombando uns nos outros, o Chicotinho matraqueou montanha acima e os cavalos do Carrossel Parisiense menearam sobre suas hastes de bronze ao som da música alegre do órgão Wurlitzer. À frente deles estava o oceano. O céu era verde-limão.

– Onde você acha que está? – perguntou o Homem Azul. – No céu.

– *Não!* – Eddie sacudiu a cabeça violentamente. – *NÃO!* – O Homem Azul parecia divertir-se.

– Não? Não pode ser o céu? – ele disse. – Por quê? Porque foi aqui que você cresceu?

Eddie balbuciou a palavra *Sim*.

– Ah – assentiu o Homem Azul, movendo a cabeça. – Bem, as pessoas costumam dar pouca importância ao lugar onde nasceram. Mas o céu pode ser encontrado nos recantos mais improváveis. E o próprio céu tem muitos degraus. Este, para mim, é o segundo. Para você, o primeiro.

Ele andou com Eddie pelo parque, pelas charutarias, pelos quiosques de salsichas e as máquinas caça-níqueis.

O céu?, pensou Eddie. Ridículo. Ele passara a maior parte da sua vida adulta tentando *sair* do Ruby Pier. Aquilo ali era um parque de diversões, nada mais, um lugar onde as pessoas berram, se molham e trocam seus dólares por bonecas. A ideia de que pudesse ser um abençoado lugar de descanso estava além da sua imaginação.

Tentou falar novamente, e dessa vez ouviu um pequeno grunhido saindo do peito. O Homem Azul se virou.

– A sua voz virá. Acontece com todo mundo. A gente não consegue falar assim que chega. – Ele sorriu. – Pelo menos isso nos ajuda a ouvir.

―

Você encontra cinco pessoas no céu – disse de repente o Homem Azul. – Cada um de nós passou pela sua vida por um motivo. Talvez você não se desse conta na época, e é para isso que serve o céu. Para entender a sua vida na Terra.

Eddie pareceu confuso.

– As pessoas pensam no céu como um jardim paradisíaco, um lugar onde se fica flutuando nas nuvens e se divertindo pelos rios e montanhas. Mas paisagem sem consolo não significa nada. Este é o maior presente que Deus pode lhe dar: entender o que aconteceu na sua vida. Ter explicações para ela. É a paz que você buscava.

Eddie tossiu para ver se sua voz aparecia. Estava cansado de ficar calado.

– Eu sou a sua primeira pessoa, Edward. Quando morri, minha vida me foi esclarecida por cinco outras pessoas, e depois eu vim para cá esperar por você, ficar na sua fila, para lhe contar a minha história, que faz parte da sua. Depois virão outras pessoas. Algumas você conheceu, outras talvez não. Mas todas cruzaram o seu caminho antes de morrer. E o transformaram para sempre.

Eddie empurrou um som para fora do peito, o mais forte que pôde.

– O que... – ele grasnou finalmente.

Sua voz parecia estar rompendo uma casca, como um pintinho.

– O que... matou...

O Homem Azul esperava pacientemente.

– O que... matou... você?

O Homem Azul pareceu um pouco surpreso. Ele sorriu para Eddie.

– Foi você.

Hoje é aniversário de Eddie

Eddie faz 7 anos de idade e seu presente é uma bola de beisebol. Ele a aperta nas mãos, sentindo uma onda de energia subir por seus braços. Imagina que é um de seus heróis da coleção de figurinhas do Cracker Jack, o grande arremessador Walter Johnson, por exemplo.

– Aqui, arremesse – *diz seu irmão Joe.*

Eles correm pelo passeio central, na frente do estande das garrafas – quem derruba três das verdes ganha um coco e um brinde.

– Vamos lá, Eddie – *diz Joe.* – Jogue.

Eddie para e se imagina num estádio. Ele atira a bola. Seu irmão encolhe os cotovelos e se esquiva.

– Forte demais! – *grita Joe.*

Eddie observa a bola cair pesadamente no deque e ir parar num pequeno espaço aberto atrás das tendas dos artistas. Corre atrás dela. Joe o acompanha. Eles se jogam no chão.

– Está vendo a bola? – *diz Eddie.*

– Aham.

O som da porta de uma tenda se abrindo os interrompe. Eddie e Joe erguem os olhos. Veem uma mulher tremendamente gorda e um homem sem camisa com um cabelo avermelhado que lhe cobre todo o corpo. Personagens do show de aberrações.

As crianças ficam paralisadas de medo.

– O que é que esses dois espertinhos estão fazendo por aqui? – *pergunta o homem peludo, arreganhando os dentes.*
– Procurando encrenca?

O lábio de Joe treme. Ele começa a chorar. Levanta-se de um salto e sai correndo, sacudindo os braços freneticamente.

Eddie se levanta também, e então vê a sua bola encostada num cavalete. Com os olhos pregados no homem sem camisa, ele caminha lentamente na direção dela.

– Ela é minha – murmura.

Com um movimento rápido, apanha a bola e sai atrás do irmão.

Escute aqui, senhor – disse Eddie com uma voz áspera –, eu não o matei, está certo? Eu nem sequer o *conheço*.

O Homem Azul sentou num banco. Sorriu como se quisesse deixar um convidado à vontade. Eddie continuou em pé, numa postura defensiva.

– Deixe-me começar com meu verdadeiro nome – disse o Homem Azul. – Meu nome de batismo é Joseph Corvelzchik, sou filho do alfaiate de um pequeno povoado polonês. Viemos para a América em 1894. Eu era menino. A lembrança mais antiga da minha infância é minha mãe me segurando sobre a amurada do navio, me balançando na brisa de um mundo novo. Como a maioria dos imigrantes, não tínhamos dinheiro algum. Dormíamos num colchão na cozinha da casa do meu tio. Meu pai teve de aceitar um emprego de pregador de botões numa alfaiataria por um salário de fome. Quando fiz 10 anos, ele me tirou da escola e me levou para trabalhar com ele.

Eddie examinou o rosto bexiguento do Homem Azul, seus lábios finos, seu peito arqueado. *Por que ele está me contando isso?*, pensou.

– Eu era uma criança nervosa por natureza, e o barulho da loja só tornava as coisas piores. Eu era pequeno demais para estar ali, entre aqueles homens praguejando e reclamando. Toda vez que o encarregado chegava perto, meu pai me dizia: "Olhe para baixo. Não se deixe notar." Uma vez, porém, eu tropecei e derrubei um saco de botões, que se espalharam pelo chão. O encarregado gritou que eu era um inútil, uma criança imprestável, que eu tinha de ir embora dali. Ainda posso ver aquele momento, meu pai lhe implorando como um mendigo, e o encarregado escarnecendo e limpando o nariz com as costas da mão. Meu estômago retorceu de dor. Em seguida senti alguma coisa molhada em minhas pernas. Olhei para baixo. O encarregado apontou para a minha calça suja e riu, e os outros trabalhadores riram também. Depois disso, meu pai não quis mais falar comigo. Eu sabia que o envergonhara, e imagino que, em seu mundo, eu tinha feito isso mesmo. Mas os pais são capazes de destroçar seus filhos, e eu fui, de certa maneira, destroçado depois disso. Eu era uma criança nervosa e me tornei um homem nervoso. Pior de tudo, ainda mijava na cama à noite. De manhã, eu saía escondido com os lençóis sujos para lavar no tanque. Certa manhã, quando levantei os olhos, meu pai estava lá. Ele viu os lençóis molhados e me olhou de um jeito feroz que eu jamais vou esquecer, como se desejasse poder cortar a corda da vida que existia entre nós.

O Homem Azul parou. Sua pele, que parecia embebida num líquido azul, se dobrava sobre o cinto em pequenas camadas gordurosas. Eddie não conseguia deixar de olhar.

– Eu não fui uma aberração a vida inteira, Edward – ele disse. – Mas naquela época a medicina era muito primitiva. À procura de alguma coisa para os meus nervos, fui a um farmacêutico. Ele me deu um vidro de nitrato de prata e me disse para misturar com água e tomar um pouco toda noite. Nitrato de prata. Mais tarde passou a ser considerado veneno. Mas era tudo o que eu tinha, e, como não fazia efeito, só pude supor que não estava tomando o suficiente. Passei então a tomar mais. Tomava dois goles, às vezes três, sem água nenhuma. As pessoas logo começaram a me olhar de um modo estranho. Minha pele estava ficando cinzenta. Envergonhado e agitado, passei a tomar ainda mais nitrato de prata, até a minha pele passar de cinza a azul, um efeito colateral do veneno.

O Homem Azul fez uma pausa. Sua voz baixou.

– Fui despedido da fábrica. O encarregado disse que eu assustava os outros trabalhadores. E, sem trabalho, como é que eu ia comer? Onde é que eu ia morar? Fui trabalhar num bar, um lugar sombrio onde eu podia me esconder atrás de um capote e um chapéu. Uma noite, um grupo de artistas de circo mambembe ocupou uma mesa no fundo do bar. Fumavam charutos. Riam. Um deles, um sujeito baixinho com uma perna de pau, começou a me olhar. E acabou me abordando. No fim da noite, concordei em me juntar ao circo deles. E assim começou a minha vida como mercadoria.

Eddie notou o olhar resignado no rosto do Homem Azul. Muitas vezes ele se perguntara de onde vinha o elenco dos circos. Acreditava haver uma história triste por trás de cada um deles.

– A trupe ia criando nomes para mim, Edward. Às vezes eu era o Homem Azul do Polo Norte, às vezes o Homem Azul da Argélia, outras, o Homem Azul da Nova Zelândia. Eu nunca tinha estado em nenhum desses lugares, é claro, mas era divertido ser considerado exótico, pelo menos num letreiro pintado à mão. O show era simples. Eu ficava sentado no palco, seminu, enquanto o apresentador dizia às pessoas que passavam como eu era patético. Com isso, eu conseguia ganhar um dinheirinho. Uma vez o gerente me chamou de "a melhor aberração" do seu espetáculo e, por mais triste que pareça, eu acabei me orgulhando disso. Para um pária, uma pedrada pode ser uma carícia. Num inverno, eu vim a este píer. Ruby Pier. Estavam começando um espetáculo chamado Os Cidadãos Curiosos. Eu gostei da ideia de ficar num lugar só, deixar para trás os solavancos das carroças puxadas a cavalo do circo mambembe. Este passou a ser o meu lar. Eu morava num quarto em cima de uma salsicharia. À noite jogava cartas com os outros artistas do espetáculo, com os funileiros, às vezes até com o seu pai. De manhã bem cedinho, vestido com calções compridos e com a cabeça enrolada numa toalha, eu podia até andar pela praia sem assustar as pessoas. Pode não parecer grande coisa, mas para mim era a liberdade que pouquíssimas vezes eu tive oportunidade de desfrutar.

Ele parou. Olhou para Eddie.
– Você entende? Entende por que está aqui? Este não é o *seu* *céu*. É o meu.

⁓

Vamos ver a história de dois ângulos diferentes.

Imagine uma manhã chuvosa de um domingo de verão da década de 1920, em que Eddie e seus amigos estão brincando com uma bola de beisebol que ele ganhou de aniversário quase um ano antes. Imagine o momento em que a bola passa sobre a cabeça de Eddie e vai direto para a rua. Com suas calças castanho-avermelhadas e seu boné de lã, Eddie sai correndo atrás da bola e passa na frente de um carro, um Ford Modelo A. O carro dá uma freada estridente, uma guinada, e quase o atropela. Ele se arrepia todo, respira fundo, pega a bola e volta correndo para perto dos amigos. Logo termina o jogo e as crianças correm até o fliperama para brincar na Escavadeira do Lago Erie, um caça-níqueis com garras que pegam pequenos brinquedos.

Veja agora a mesma história de um ângulo diferente. Um homem está ao volante do Ford Modelo A, que pegou emprestado com um amigo para praticar direção. A estrada está molhada por causa da chuva da manhã. De repente, uma bola de beisebol passa quicando, com um menino correndo atrás dela. O motorista pisa no freio e trava as rodas. O carro derrapa, os pneus cantam.

O motorista consegue recuperar o controle do Modelo A, que segue adiante. A imagem da criança desapareceu no espelho retrovisor, mas o homem ainda tem o corpo afetado ao pensar como esteve perto de uma tragédia. A descarga de adrenalina obriga seu coração, que não é particularmente forte, a trabalhar furiosamente. Aquilo o exaure. O homem fica tonto e sua cabeça tomba momentaneamente. O carro quase colide com outro. O segundo motorista buzina, o homem dá outra guinada no carro, girando o volante e pisando o pedal do freio. Ele sai deslizando por uma alameda e depois entra num beco. O veículo roda até colidir com a traseira de um caminhão estacionado. A batida faz um pequeno estrondo. Os faróis se quebram. Com o impacto, o homem é lançado contra o volante do carro. Sua testa sangra. Ele sai do Modelo A, vê o estrago e cai na calçada. Seu braço lateja. Seu peito dói. É domingo de manhã. O beco está vazio. Ele fica lá, caído, sem ninguém saber, encostado na lateral do carro. O sangue das coronárias não flui mais para o seu coração. Passa-se uma hora. Um policial o encontra. Um médico o declara morto. A causa da morte é registrada como "ataque cardíaco". Não há parentes conhecidos.

Pegue uma única história, vista de dois ângulos diferentes. É o mesmo dia, o mesmo momento, mas um dos lados acaba bem, num fliperama, com o garotinho de calça castanho-avermelhada colocando moedas na Escavadeira do Lago Erie, e o outro acaba mal, no necrotério da cidade, onde um funcionário chama a atenção de outro funcionário para a pele azul do recém-chegado.

– Está vendo só, menino? – sussurrou o Homem Azul, depois de terminar a história contada do seu ponto de vista.

Eddie sentiu um arrepio.

– Ah, não – sussurrou.

Hoje é aniversário de Eddie

Eddie faz 8 anos de idade. Está sentado na borda de um sofá xadrez, com os braços cruzados de raiva. A mãe está aos seus pés, amarrando seus sapatos. O pai está na frente do espelho, dando nó na gravata.
– Eu não QUERO ir – *afirma Eddie*.
– Eu sei – *diz sua mãe, sem erguer os olhos* –, mas nós temos que ir. Às vezes precisamos fazer coisas chatas quando algo ruim acontece.
– Mas hoje é meu ANIVERSÁRIO.
Eddie olha, pesaroso, para o "pequeno construtor" no canto, do outro lado da sala, uma estrutura de vigas metálicas de brinquedo com três rodinhas de borracha. Estivera construindo um caminhão. Eddie tinha jeito para montar as coisas. Queria mostrá-lo aos amigos durante a sua festa de aniversário. Em vez disso, tem que se vestir para ir a algum lugar. Não é justo, ele pensa.
Seu irmão Joe, vestido com calças de lã e gravata-borboleta, entra com uma luva de beisebol na mão esquerda. Bate nela com força. Faz uma careta para Eddie.
– Esses sapatos eram meus – *diz Joe*. – Os meus novos são melhores.
Eddie se retrai. Detesta ter de usar as roupas que foram de Joe.
– Pare de se mexer – *diz sua mãe*.
– Eles MACHUCAM – *Eddie se lamuria*.
– Chega! – *grita o pai, olhando para Eddie com irritação. Eddie fica quieto.*

No cemitério, Eddie mal reconhece as pessoas do píer. Os homens, que normalmente se vestem de lamê dourado e usam turbantes vermelhos, estão agora de terno preto, como o seu pai. As mulheres parecem estar com seus vestidos pretos de sempre; algumas cobrem o rosto com véu.

Eddie observa um homem com uma pá jogando terra dentro de um buraco. Ele diz qualquer coisa sobre cinzas. Eddie segura a mão de sua mãe e aperta os olhos para protegê-los do sol. Devia estar triste, ele sabe, mas secretamente conta números, a começar de um, na esperança de que, ao chegar a mil, terá o seu aniversário de volta.

A primeira lição

– Por favor, senhor... – implorou Eddie. – Eu não sabia. Acredite em mim. Deus me ajude, eu não sabia.

O Homem Azul fez um gesto de assentimento.

– E nem tinha como saber. Você era muito jovem.

Eddie deu um passo atrás. Endireitou o corpo como que se preparando para uma luta.

– Mas agora eu tenho de pagar – disse.

– Pagar?

– Pelo meu pecado. É por isso que eu estou aqui, não é? Justiça?

O Homem Azul sorriu.

– Não, Edward. Você está aqui para eu poder lhe ensinar uma coisa. Todas as pessoas que você encontra aqui têm algo para lhe ensinar.

Eddie estava cético. Permanecia com os punhos cerrados.

– O quê, por exemplo? – perguntou.

– Que nada existe por acaso. Que estamos todos ligados. Que não se pode separar uma vida de outra, assim como não se separa a brisa do vento.

Eddie balançou a cabeça.

– Nós estávamos arremessando uma *bola*. A estupidez foi *minha*, sair correndo atrás dela daquele jeito. Por que é que você tinha de morrer em vez de mim? Não é *justo*.

O Homem Azul estendeu a mão.

– A justiça – disse ele – não governa a vida e a morte. Se governasse, nenhuma pessoa boa morreria jovem.

Ele virou a palma da mão para cima, e de repente estavam em pé num cemitério, atrás de um pequeno grupo de pessoas. Ao lado da cova, um padre lia uma passagem da Bíblia. Eddie não conseguia ver os rostos, só as costas dos vestidos, paletós e chapéus.

– Meu enterro – disse o Homem Azul. – Veja as pessoas. Algumas nem me conheciam direito, mas vieram mesmo assim. Por quê? Você já pensou nisto alguma vez? Por que as pessoas se reúnem quando outra morre? Por que elas sentem que devem *fazê-lo*? É porque o espírito humano sabe, lá no fundo, que todas as vidas se entrecruzam. Que a morte não leva uma pessoa simplesmente, ela também deixa de levar outra, e na pequena distância que há entre ser levado e ser deixado as vidas se modificam. Você diz que devia ter morrido em meu lugar. Mas, durante o meu tempo na Terra, outras pessoas morreram em meu lugar. Acontece todo dia. Quando cai um raio minutos depois que você saiu de certo lugar, ou quando despenca um avião em que você poderia estar viajando. Quando seu colega cai doente e você não. Nós achamos que essas coisas acontecem ao acaso. Mas existe um equilíbrio em tudo isso. Um murcha, outro floresce. Nascimento e morte fazem parte de um todo. É por isso que nos sentimos atraídos por bebês... – Ele se virou na direção das pessoas presentes ao funeral. – E por enterros.

Eddie olhou de novo para a reunião ao pé da cova. E se perguntou se tivera um funeral. Se alguém tinha vindo ao seu enterro. Viu o padre lendo a Bíblia e as pessoas abaixando a cabeça. Era o dia do enterro do Homem Azul, tantos anos atrás. Eddie estivera ali, garotinho, impaciente durante toda a cerimônia, sem fazer ideia do papel que desempenhara nela.

– Ainda não entendo uma coisa – sussurrou Eddie. – Que bem fez a sua morte?

– Você viveu – respondeu o Homem Azul.

– Mas nós mal nos conhecíamos. Podia também ter sido um estranho.

O Homem Azul pôs o braço no ombro de Eddie, que foi invadido por uma sensação de calor humano.

– Você chama de estranhos – disse o Homem Azul – as pessoas que ainda vai conhecer.

Dito isso, o Homem Azul puxou Eddie para perto de si. Instantaneamente, Eddie sentiu tudo o que o Homem Azul sentira na vida entrar no seu próprio corpo e nadar dentro dele – a solidão, a vergonha, o nervosismo, o ataque cardíaco. Tudo isso deslizou para dentro de Eddie como uma gaveta sendo fechada.

– Estou indo embora – sussurrou em seu ouvido o Homem Azul. – Esta etapa do céu terminou para mim. Mas você ainda vai encontrar outras pessoas.

– Espere – disse Eddie, se afastando. – Diga-me só uma coisa. Eu salvei a garotinha? No píer. Eu a salvei?

O Homem Azul não respondeu. Eddie desanimou.

– Então a minha morte foi um desperdício, igualzinho à minha vida.

– Nenhuma vida é um desperdício – disse o Homem Azul. – O único tempo que desperdiçamos é aquele que passamos achando que somos sozinhos.

Ele deu um passo atrás em direção ao túmulo e sorriu. E, com isso, sua pele adquiriu o mais lindo tom de caramelo – puro e acetinado. A pele mais perfeita que ele jamais vira, pensou Eddie.

– Espere! – gritou Eddie, mas foi repentinamente levado pelo ar, para longe do cemitério, sobre o grande oceano escuro. Lá embaixo, viu os telhados do velho Ruby Pier, as agulhas, os torreões e as flâmulas tremulando na brisa.

Aí tudo se foi.

DOMINGO, 3 DA TARDE

No píer, a multidão se aglomerava ao redor dos destroços do Cabum do Freddy. As velhas levavam a mão à garganta. As mães puxavam os filhos para longe. Homens robustos, de camiseta, tentavam passar à frente da roda, na esperança de que se tratasse de algo em que pudessem ajudar, mas, assim que chegavam lá, também ficavam apenas olhando, impotentes. O sol forte projetava sombras de contornos precisos e obrigava as pessoas a protegerem os olhos, como se fizessem continência.

Foi muito grave?, sussurravam. De trás da multidão, Dominguez irrompeu, com o rosto afogueado e o uniforme de serviço encharcado de suor. Viu a tragédia.

"Aiii, não, não, Eddie", ele gemeu, segurando-lhe a cabeça. Os homens da segurança chegaram e foram logo empurrando as pessoas para trás. Mas, também impotentes diante da cena, acabaram com as mãos nos quadris, à espera da ambulância. Era como se todos – mães, pais e filhos com copos de refrigerante tamanho gigante – estivessem chocados demais para ir embora. A morte jazia aos seus pés enquanto uma música circense tocava nos alto-falantes do parque.

Foi muito grave? Soaram as sirenes. Homens uniformizados chegaram e estenderam uma fita amarela ao redor da área. Os quiosques do fliperama abaixaram suas grades. Os brinquedos foram fechados indefinidamente. A notícia do desastre se espalhou por toda a praia. Ao pôr do sol, o Ruby Pier estava vazio.

Hoje é aniversário de Eddie

De seu quarto, mesmo com a porta fechada, Eddie sente o cheiro da carne grelhada que sua mãe está preparando, com pimentão verde e cebola, um cheiro forte e picante que ele adora.
– Eddd-diiee! – ela grita da cozinha. – Onde está você? Está todo mundo aqui!
Ele rola para fora da cama e põe de lado o almanaque de histórias em quadrinhos. Eddie faz 17 anos hoje, está crescido demais para essas coisas, mas ainda gosta do tema – heróis vibrantes, como o Fantasma, lutando contra os homens maus e salvando o mundo. Ele deu sua coleção para os primos mais moços que vieram da Romênia para os Estados Unidos alguns meses antes. A família foi buscá-los no porto, e os instalaram no quarto que Eddie dividia com seu irmão, Joe. Os primos não sabem falar inglês, mas gostam de histórias em quadrinhos. De toda forma, com isso Eddie tem um pretexto para conservá-las.
– Finalmente, o aniversariante – sua mãe comemora quando ele aparece na sala, vestido com um camisa branca de colarinho abotoado arrematada por uma gravata azul que belisca a pele do seu pescoço. Um coro de grunhidos, cumprimentos e brindes com copos de cerveja se ergue entre as visitas – familiares, amigos e trabalhadores do píer. O pai de Eddie joga cartas no canto da sala, em meio a uma nuvem de fumaça de charuto.
– Ei, mãe, sabe o que aconteceu? – grita Joe. – Eddie saiu com uma garota na noite passada.

– Aaahhh. Verdade?
Eddie sente o sangue subir em seu rosto.
– É. Ele disse que vai casar com ela.
– Cala a boca – Eddie diz a Joe.
Joe o ignora.
– É, ele entrou no quarto revirando os olhos e disse: "Joe, conheci a garota com quem vou me casar!"
Eddie fica irado.
– Eu disse para você calar a boca!
– Qual é o nome dela, Eddie? – alguém pergunta.
– Ela frequenta a igreja?
Eddie vai até o irmão e lhe dá um soco no braço.
– Aauuu!
– Eddie!
– Eu disse pra você calar a boca.
Joe deixa escapar:
– E ele dançou com ela no Chão de...!
Pancada.
– Aauuu!
– CALA A BOCA!
– Eddie, pare com isso!!

Agora, até os primos romenos olhavam – de briga eles entendem – os dois irmãos se atracarem e se estapearem, empurrando o sofá, até o pai tirar o charuto da boca e gritar:

– Acabem com isso antes que eu dê uns tabefes em vocês dois.

Os irmãos se separam, ofegantes e se olhando com raiva. Alguns parentes mais velhos sorriem. Uma das tias sussurra:

– Ele deve gostar muito mesmo dessa garota.

Mais tarde, depois da carne grelhada ter sido comida, das velas de aniversário terem sido apagadas e de quase todos os convidados já terem ido embora, a mãe de Eddie liga o rádio. Ouvem-se notícias sobre a guerra na Europa, e o pai de Eddie diz qualquer coisa sobre a dificuldade que vai ser arranjar madeira e fios de cobre se as coisas piorarem. Pode ficar inviável a manutenção do parque.

– Que notícias horríveis – diz a mãe de Eddie. – Ainda mais num dia de aniversário.

Ela gira o botão até que saia música da caixinha, uma orquestra tocando um suingue, que a mãe começa a acompanhar dançando, sorridente. Vem até Eddie, que está esparramado em sua cadeira, catando os últimos pedaços de bolo. Tira o avental, deixa-o dobrado sobre uma cadeira e levanta Eddie com as mãos.

– Agora me mostre como foi que você dançou com sua nova amiga – ela diz.

– Ah, mãe.

– Vamos lá.

Eddie se levanta como se estivesse sendo levado para a forca. O irmão sorri maliciosamente. Mas a mãe, com seu rosto redondo e bonito, continua cantando e dançando de um lado para o outro, até que Eddie acerta o passo com ela.

– Daaa, daa, diiii... – ela canta junto com a música. – Quando você está comiiiigo... da.... da... as estrelas, a lua... o da... da... da... em junho...

Eles giram pela sala de estar até Eddie se soltar e começar a rir. Ele já é mais alto que a mãe uns 15 centímetros, mas ela rodopia facilmente com ele.

– Então – ela sussurra – quer dizer que você gosta dessa garota?

Eddie perde o passo.

– Tudo bem – ela diz. – Fico feliz por você.

Eles rodopiam até a mesa, e a mãe de Eddie pega Joe e o levanta.

– Agora dancem vocês dois – diz ela.
– Com ele?
– Mãe!

Mas ela insiste e eles cedem, e logo Joe e Eddie estão rindo e tropeçando um no outro. Juntam as mãos e se movem de um lado para o outro em círculos exagerados. Dão voltas e mais voltas em torno da mesa, para o encanto da mãe, enquanto os clarinetes conduzem a melodia no rádio, os primos romenos batem palmas e as últimas faíscas de carne grelhada evaporam na atmosfera da festa.

A segunda pessoa que Eddie encontra no céu

Eddie sentiu seu pé tocar no chão. O céu estava mudando outra vez, de azul-cobalto para cinza, e ele se viu cercado de árvores caídas e destroços enegrecidos. Agarrou os próprios braços, ombros, coxas e panturrilhas. Sentia-se mais forte do que antes, mas, quando tentou tocar nos dedos dos pés, constatou que não conseguia. Sua flexibilidade fora embora. Não tinha mais aquela sensação infantil de ser feito de borracha. Todos os seus músculos estavam retesados como cordas de piano.

Eddie olhou o chão sem vida ao seu redor. Numa colina próxima, viu uma carroça quebrada e os ossos apodrecidos de um animal. Uma rajada de vento quente açoitou seu rosto. O céu explodiu num amarelo-fogo.

E mais uma vez Eddie correu.

Correu de um modo diferente, com os passos bem calculados de um soldado. Ouviu um trovão – ou algo parecido com um trovão, explosões ou bombardeios – e jogou-se instintivamente no chão, deitando-se sobre o estômago, apoiado nos braços. O céu se abriu de repente e a chuva caiu, numa precipitação pesada. Eddie abaixou a cabeça e se arrastou na lama, cuspindo a água imunda que se juntava ao redor da sua boca.

Finalmente, sentiu a cabeça roçar em alguma coisa sólida. Ergueu os olhos e viu um fuzil cravado no chão, com um capacete em cima e placas de identidade militar penduradas na alça. Com a chuva lhe atrapalhando a visão, Eddie manuseou as identidades e recuou imediatamente, arrastando-se feito louco para dentro de uma moita de trepadeiras fibrosas que pendiam de uma enorme figueira-brava. Mergulhou na escuridão. Agachou-se em posição de tocaia. Tentou tomar fôlego. O medo o tinha encontrado, mesmo no céu.

O nome nas placas de identidade era o dele.

Os jovens vão para a guerra. Às vezes porque são obrigados, às vezes porque querem ir. E sempre acham que devem. Isso provém de camadas e camadas de histórias muito tristes que ao longo dos séculos identificam coragem com pegar em armas e covardia com depô-las. Quando seu país entrou na guerra, Eddie acordou numa manhã de chuva, fez a barba, penteou o cabelo e foi se alistar. Outros estavam lutando. Ele lutaria também.

Sua mãe não queria que ele fosse. Seu pai, quando soube da notícia, acendeu um cigarro e soprou a fumaça lentamente.

– Quando? – foi tudo o que perguntou.

Como nunca havia atirado com um fuzil de verdade, Eddie começou a praticar no estande de tiro do Ruby Pier. Punha-se uma moeda, a máquina zumbia e apertava-se o gatilho para atirar com balas de metal em imagens de animais selvagens – leões e girafas. Eddie ia lá todas as noites, depois que acabava de operar as alavancas de freio do Trenzinho de Li'l Folks. O Ruby Pier incorporara algumas atrações menores, porque depois da Depressão as montanhas-russas tinham se tornado caras demais.

O Trenzinho era uma atração menor, com seus vagões pouco mais altos do que a coxa de um adulto.

Antes de se alistar, Eddie trabalhara procurando juntar dinheiro para estudar engenharia. Era este o seu objetivo – queria construir coisas, mesmo que seu irmão, Joe, continuasse dizendo: "Ora, Eddie, você não tem inteligência para isso."

Mas quando a guerra começou, o negócio do píer caiu. Os fregueses de Eddie, em sua maioria, eram agora mulheres sozinhas com seus filhos, porque os pais tinham ido lutar. Às vezes as crianças pediam a Eddie que as levantasse sobre a cabeça, o que lhe permitia observar os sorrisos tristes das mães: ele tinha a sensação de ser a brincadeira certa, mas com os braços errados. Eddie logo se deu conta de que acabaria se juntando a esses homens distantes e que sua vida de lubrificar trilhos e operar alavancas de freio estaria terminada. A guerra era o seu chamado para se tornar um homem adulto. Talvez alguém sentisse falta dele, também.

Numa de suas últimas noites no píer, Eddie estava no estande, curvado sobre o pequeno rifle, atirando com grande concentração. *Bang! Bang!* Tentava se imaginar atirando de verdade no inimigo. *Bang!* Será que emitiriam algum som quando ele os acertasse – *bang!* – ou simplesmente cairiam, como os leões e as girafas? *Bang! Bang!*

– Aprendendo a matar, companheiro?

Mickey Shea estava em pé atrás de Eddie. Seu cabelo, molhado de suor, era da cor de sorvete de baunilha, e seu rosto, vermelho de alguma coisa que andara bebendo. Eddie deu de ombros e voltou aos seus tiros. *Bang!* Acertou outro. *Bang!* Outro mais.

– Huumpf – grunhiu Mickey.

Eddie queria que Mickey fosse embora e o deixasse treinar a pontaria sossegado. Podia sentir o velho bêbado atrás de si. Podia ouvir sua respiração pesada, o silvo do ar entrando e saindo de seu nariz, como uma bomba enchendo um pneu de bicicleta.

Continuou atirando. De repente, sentiu um doloroso agarrão no ombro.

– Escuta aqui, companheiro. – A voz de Mickey era um rosnado profundo. – Guerra não é brinquedo. Se tiver de dar um tiro, dê, está me ouvindo? Sem culpa. Sem vacilação. Apenas atire, sem pensar em quem está do outro lado, em quem você está matando e nem por quê, está me ouvindo? Se você quer voltar para casa, não pense, simplesmente atire.

Apertou o ombro de Eddie com mais força ainda.

– Pensar é que faz você morrer.

Eddie se virou e ficou olhando para Mickey. Ele lhe deu um tapa com força no rosto, e Eddie levantou o punho instintivamente para revidar. Mas Mickey soltou um arroto e cambaleou para trás. Depois, olhou para Eddie como se fosse chorar. A arma mecânica parou de zumbir. A ficha de Eddie tinha acabado.

Os jovens vão para a guerra às vezes porque são obrigados, às vezes porque querem ir. Alguns dias depois, Eddie arrumou sua mochila e deixou o píer para trás.

A chuva parou. Trêmulo e molhado debaixo da figueira, Eddie respirou longa e profundamente. Afastou as plantas e viu o fuzil e o capacete ainda fincados no chão. Lembrou-se do motivo pelo qual os soldados faziam isso: marcar os túmulos de seus mortos.

Arrastou-se de joelhos. À distância, ao pé de uma pequena colina, viu as ruínas de um povoado bombardeado e incendiado até se transformar em pouco mais do que um monte de destroços. Por um momento, Eddie ficou olhando, a boca ligeiramente aberta e os olhos tentando focalizar a cena com mais precisão.

Então, seu peito se apertou como o de um homem que acabasse de receber uma notícia má. Este lugar. Ele o conhecia. Ele assombrara os seus sonhos.

– Varíola – disse de repente uma voz.

Eddie se virou.

– Varíola. Tifo. Tétano. Febre amarela.

A voz vinha do alto, de algum lugar em cima da árvore.

– Nunca consegui descobrir o que é febre amarela. Droga. Nunca conheci ninguém que teve.

Era uma voz forte, com um leve sotaque sulista e certa aspereza, como a voz de um homem que estivesse gritando por muitas horas.

– Fui vacinado contra cada uma dessas doenças e acabei morrendo aqui, saudável como um cavalo.

A árvore balançou. Algumas frutas caíram na frente de Eddie.

– Que tal estas maçãs? – disse a voz.

Eddie se levantou e pigarreou.

– Saia daí – ele disse.

– Suba – disse a voz.

E logo Eddie estava em cima da árvore, perto do topo, tão alto quanto um prédio, com as pernas enganchadas num galho enorme. A terra lá embaixo parecia muito distante. Por entre os galhos menores e a espessa folhagem, Eddie pôde divisar a figura sombria de um homem em uniforme de combate, recostado no tronco. Seu rosto estava coberto por uma substância preta como piche. Seus olhos vermelhos brilhavam como duas pequenas lâmpadas.

Eddie engoliu em seco.

– Capitão? – ele sussurrou. – É o senhor?

Tinham servido o Exército juntos. O capitão era o oficial comandante de Eddie. Lutaram nas Filipinas, se separaram nas Filipinas, e Eddie nunca mais voltara a vê-lo. Tinha ouvido dizer que ele morrera em combate.

Um filete de fumaça de cigarro apareceu.

– Eles lhe explicaram as regras, soldado?

Eddie olhou para baixo. Viu a terra lá embaixo, mas sabia que não poderia cair.

– Eu estou morto – ele disse.

– Até aqui você acertou.

– E o *senhor* está morto.

– Acertou essa também.

– E o senhor é... a minha segunda pessoa?

O capitão ergueu o cigarro. E sorriu como se dissesse: *"Você acredita que dá para fumar aqui em cima?"* Deu uma longa tragada e expeliu uma pequena nuvem branca.

– Aposto que você não me esperava, hein?

ꕤ

Eddie aprendeu muitas coisas durante a guerra. Aprendeu a andar em cima de um tanque. Aprendeu a barbear-se com água fria no capacete. Aprendeu a ter cuidado ao atirar de uma trincheira, para não acertar uma árvore e se ferir com os estilhaços.

Aprendeu a fumar. Aprendeu a marchar. Aprendeu a atravessar uma ponte de cordas carregando ao mesmo tempo um capote, um rádio, um fuzil, uma máscara de gás, um tripé de metralhadora, uma mochila e vários talabartes a tiracolo. Aprendeu a beber o pior café que jamais pusera na boca.

Aprendeu algumas palavras de algumas línguas estrangeiras. Aprendeu a cuspir a grande distância. Aprendeu a exultação nervosa do primeiro combate a que sobrevive um soldado, quando os homens trocam tapas e sorriem como se tudo tivesse acabado – *Agora podemos ir para casa!* – e aprendeu a terrível depressão do segundo combate, quando o soldado se dá conta de que a luta não acaba com uma batalha e que depois desta haverá muitas outras mais.

Aprendeu a assobiar por entre os dentes. Aprendeu a dormir no chão rochoso. Aprendeu que a sarna é uma coceira causada por ácaros minúsculos que se alojam dentro da pele, principalmente quando a pessoa veste a mesma roupa imunda a semana inteira. Aprendeu que os ossos humanos são realmente brancos quando irrompem através da pele.

Aprendeu a rezar depressa. Aprendeu em que bolso guardar as cartas à família e a Marguerite, para o caso de ser achado morto por seus camaradas soldados. Aprendeu que é possível estar num abrigo subterrâneo ao lado de um companheiro, sussurrando-lhe qualquer coisa sobre o imenso vazio do seu estômago, e no momento seguinte ouvir um pequeno *wuush*, o seu companheiro tombar e a fome dele já não ser mais problema.

Aprendeu, à medida que um ano se transformava em dois, e dois em três, que até os homens mais fortes e robustos vomitam nas próprias botas quando o avião de transporte está prestes a descarregá-los e que mesmo os oficiais falam durante o sono na noite anterior ao combate.

Aprendeu como fazer um prisioneiro, mas não como tornar-se um. Certa noite, numa ilha das Filipinas, o seu grupo ficou sob fogo cerrado e se dispersou em busca de abrigo enquanto o céu se iluminava. Eddie ouviu um de seus companheiros chorando como uma criança no fundo de uma vala e gritou para ele: "Cala essa boca!" Então descobriu que o cara estava chorando porque havia um soldado inimigo de pé, em cima dele, com um fuzil apontado para a sua cabeça. E naquele momento Eddie sentiu uma coisa fria encostar em sua nuca e viu que atrás dele também havia um inimigo.

※

O capitão jogou fora a guimba do cigarro. Ele era mais velho do que os homens da tropa de Eddie, um militar de carreira magro, desengonçado e fanfarrão, com um queixo proeminente que o tornava muito parecido com um ator de cinema da época. A maioria dos soldados gostava muito dele, apesar de seu temperamento explosivo e do seu costume de gritar a centímetros do rosto do outro, deixando à mostra os dentes amarelados de tabaco. Contudo, o capitão prometera "não deixar ninguém para trás", independentemente do que acontecesse, o que era motivo de conforto para os seus homens.

– Capitão – disse Eddie outra vez, ainda atônito.
– Afirmativo.
– Senhor.
– Não é necessário me chamar de senhor. Mas muito obrigado, de todo modo.
– É que... você parece...
– Como da última vez que você me viu? – ele sorriu, depois cuspiu por cima do galho da árvore. Notou a expressão confusa de Eddie. – Você está certo. Não há nenhuma razão para cuspir aqui. Também não se fica doente. A respiração é sempre igual. E o rancho é incrível.

Rancho? Eddie não estava entendendo nada.

– Olhe, capitão. Deve haver algum engano. Eu ainda não sei por que estou aqui. A minha vida era insignificante, sabe? Eu trabalhava na manutenção. Morei durante anos no mesmo apartamento. Tomava conta dos brinquedos: rodas-gigantes, montanhas-russas, uns foguetinhos idiotas. Nada de que me orgulhar. Eu fui levando, só isso. O que estou querendo dizer é... – Eddie engoliu em seco. – O que é que estou fazendo aqui?

O capitão o olhou com aqueles olhos vermelhos chamejantes, e Eddie hesitou em fazer a pergunta que fazia a si mesmo depois do encontro com o Homem Azul: ele também matara o capitão?

– Sabe, eu estive pensando – disse o capitão, esfregando o queixo. – Os homens da sua unidade... Vocês mantiveram contato? Willingham? Morton? Smitty? Você voltou a ver esses caras?

Eddie se lembrava dos nomes. Na verdade, eles não mantiveram qualquer contato. A guerra podia atrair as pessoas como um ímã, mas como um ímã podia repeli-las também. As coisas que viram, as coisas que fizeram. Às vezes eles só queriam esquecer.

– Para ser honesto, senhor, nós meio que debandamos. – Eddie deu de ombros. – Sinto muito.

O capitão fez um gesto de assentimento, como se estivesse esperando aquilo mesmo.

– E você? Voltou para aquele parque de diversões onde nós todos prometemos ir se sobrevivêssemos? Passeios de graça para todos os praças? Duas garotas para cada um no Túnel do Amor? Não era isso que você dizia?

Eddie quase sorriu. Era isso mesmo que ele dizia. Que todos diziam. Mas, quando a guerra terminou, ninguém apareceu.

– Sim, voltei – disse Eddie.

– E aí?

– E aí... nunca mais saí de lá. Eu bem que tentei. Fiz planos... mas esta maldita perna. Eu não sei. Nada deu certo.

Eddie deu de ombros. O capitão estudou-lhe o rosto. Comprimiu os olhos e perguntou baixinho:

– Você ainda faz malabarismo?

– Vai!... Andando!... Andando!

Os soldados inimigos berravam, empurrando-os com as baionetas. Eddie, Smitty, Morton, Rabozzo e o capitão foram conduzidos colina abaixo por uma encosta íngreme, com as mãos na cabeça. As bombas explodiam à sua volta. Eddie viu uma figura correr por entre as árvores, depois cair em meio ao estrondo das balas.

Eddie tentava fotografar mentalmente tudo o que via enquanto marchava na escuridão – choupanas, estradas, qualquer coisa que conseguisse distinguir – na certeza de que eram informações preciosas para uma fuga. Ao ouvir o ronco distante do motor de um avião, foi invadido por uma onda repentina de desespero. É a tortura interior de todo soldado capturado, a curta distância entre a liberdade e a captura. Bastava poder saltar, se agarrar à asa daquele avião e voar para bem longe daquele equívoco.

Em vez disso, ele e os outros foram atados pelos pulsos e tornozelos e atirados num barracão de bambu, construído sobre estacas no terreno lamacento. Lá ficaram dias, semanas, meses, obrigados a dormir sobre sacos de estopa forrados com palha. Um pote de barro servia de privada. À noite, os guardas inimigos se arrastavam por debaixo do barracão para escutar suas conversas. Com o passar do tempo, eles falavam cada vez menos.

Ficaram magros e fracos, as costelas cada vez mais visíveis – inclusive Rabozzo, que era um garoto parrudo quando se alistou. A comida consistia em bolas de arroz muito salgadas e, uma vez por dia, um caldo marrom com um pouco de capim boiando. Uma noite, Eddie achou um marimbondo morto na tigela. Sem as asas. Os outros pararam de comer.

Seus captores pareciam não saber muito bem o que fazer com eles. À noite, entravam com as baionetas e brandiam suas lâminas nos narizes dos americanos, gritando numa língua desconhecida, à espera de respostas. Nunca dava em nada.

Eram apenas quatro, até onde Eddie conseguia perceber, e o capitão achava que eles também estavam desgarrados de uma unidade maior e, como acontece tantas vezes na guerra, resolvendo as coisas um dia após outro. Seus rostos eram macilentos e ossudos, com tufos de cabelo escuro. Um deles parecia jovem demais para ser soldado. Outro tinha os dentes mais tortos que Eddie já vira. O capitão os chamava de Maluco Um, Maluco Dois, Maluco Três e Maluco Quatro.

– Não queremos saber os nomes deles – disse. – E não queremos que eles saibam os nossos.

Os homens se adaptam ao cativeiro, alguns melhor do que outros. Morton, um rapaz magro e conversador de Chicago, toda vez que ouvia ruídos do lado de fora esfregava o queixo e murmurava, inquieto: "Que droga, que droga, que droga...", até os outros o mandarem calar a boca. Smitty, filho de um soldado do Corpo de Bombeiros do Brooklin, ficava calado a maior parte do tempo, mas, com o pomo-de-adão se movimentando para cima e para baixo, parecia estar sempre engolindo alguma coisa; mais tarde, Eddie ficou sabendo que ele mastigava a própria língua. Rabozzo, o garoto ruivo de Portland, Oregon, mantinha uma expressão impassível durante as horas de vigília, mas à noite costumava acordar berrando: "Eu não! Eu não!"

Eddie se agitava o tempo todo. Cerrava o punho e socava a palma da mão horas a fio, os nós dos dedos contra a pele, como o ansioso jogador de beisebol que fora na juventude. À noite, sonhava estar de volta ao píer, no carrossel Corrida de Cavalos, onde cinco pessoas ficavam dando voltas até tocar a cigarra. Levava seus amigos, seu irmão e Marguerite. Aí o sonho mudava, e apareciam os Quatro Malucos montados nos cavalinhos, rindo e zombando dele.

Os anos que passara no píer esperando – uma volta terminar, as ondas refluírem, o pai falar com ele – tinham treinado Eddie na arte da paciência. Mas ele queria fugir, e queria vingança. Rangia os dentes, socava a palma da mão, pensava em todas as brigas em que se metera no bairro e no dia em que mandara dois garotos para o hospital com uma tampa de lata de lixo. Imaginava o que faria com esses guardas se eles não estivessem armados.

Então, certa manhã, os prisioneiros foram acordados com gritos e o brilho de baionetas pelos Quatro Malucos que os amarraram e os fizeram descer pelo poço de uma mina. Não havia luz. O chão era frio. Havia pás, picaretas e caçambas de ferro.

– Isto aqui é uma maldita mina de carvão – disse Morton.

Desse dia em diante, Eddie e os outros foram obrigados a extrair carvão das paredes para ajudar no esforço de guerra inimigo. Uns escavavam, outros raspavam, outros ainda carregavam placas de ardósia e construíam triângulos para sustentar o teto. Havia outros prisioneiros lá, estrangeiros que não sabiam inglês e olhavam para Eddie com os olhos vazios. Era proibido falar. Recebiam um copo de água a cada poucas horas. No fim do dia, os rostos dos prisioneiros estavam irremediavelmente negros, e seus pescoços e ombros, latejantes devido ao esforço.

Durante os primeiros meses de cativeiro, Eddie ia dormir com o retrato de Marguerite encostado no capacete à sua frente. Ele não era muito de rezar, mas rezava assim mesmo, inventando as palavras e computando o tempo a cada noite: "Senhor, eu lhe darei esses seis dias se o senhor me der seis dias com ela... Eu lhe darei esses nove dias se puder ter nove dias com ela... Eu lhe darei esses dezesseis dias se puder ter dezesseis dias com ela..."

Então, durante o quarto mês, uma coisa aconteceu. Rabozzo teve uma violenta erupção cutânea e diarreia grave. Não conseguiu comer nada. À noite suou, até a sua roupa imunda ficar completamente encharcada. Como não havia roupa limpa para trocar, dormiu nu em cima da própria estopa, e o capitão pôs a sua sobre ele, como cobertor.

No dia seguinte, na mina, Rabozzo mal conseguia ficar em pé. Os Quatro Malucos não tiveram piedade. Quando diminuía o ritmo, eles o cutucavam com paus para que continuasse a raspar.

– Deixem ele – Eddie rosnou.

Maluco Dois, o mais brutal dos seus captores, atacou Eddie com o cabo da baioneta. Eddie caiu no chão, com uma dor lancinante se espalhando entre as espáduas. Rabozzo extraiu mais uns pedaços de carvão e desabou. Maluco Dois gritou para que ele se levantasse.

– Ele está doente! – gritou Eddie, tentando se pôr de pé.

Maluco Dois o derrubou outra vez.

– Cale a boca, Eddie – sussurrou Morton. – Para o seu próprio bem.

Maluco Dois inclinou-se sobre Rabozzo. Levantou-lhe as pálpebras. Rabozzo gemeu. Maluco Dois deu um sorriso exagerado e arrulhou, como se estivesse falando com um bebê. Disse um "Ahh" e riu. Riu olhando para todos, olhos nos olhos, assegurando-se de que eles também o estavam olhando. Aí sacou a pistola, enfiou-a no ouvido de Rabozzo e atirou.

Eddie sentiu o seu corpo se rasgar em dois. Seus olhos se anuviaram e seu cérebro se entorpeceu. O disparo ecoou na mina enquanto o rosto de Rabozzo mergulhava numa poça de sangue. Morton levou a mão à boca. O capitão baixou os olhos. Ninguém se moveu.

Maluco Dois chutou lama negra em cima do corpo de Rabozzo, lançou um olhar colérico para Eddie e cuspiu aos seus pés. Gritou qualquer coisa para Maluco Três e Maluco Quatro, que pareciam tão atônitos quanto os prisioneiros. Por um instante, Maluco Três balançou a cabeça e começou a murmurar, os lábios se movendo freneticamente e as pálpebras abaixadas, como se estivesse rezando. Maluco Dois brandiu a arma e gritou outra vez, e então Maluco Três e Maluco Quatro ergueram lentamente o corpo de Rabozzo pelos pés e o arrastaram pelo chão da mina, deixando uma trilha de sangue que, na escuridão, parecia óleo derramado. Largaram-no encostado a uma parede, ao lado de uma picareta.

Depois disso, Eddie parou de rezar. Parou de contar os dias. Ele e o capitão só falavam em fugir antes que todos tivessem o mesmo destino. O capitão imaginava que o esforço de guerra inimigo era desesperado, e que por isso eles precisavam pôr todos os prisioneiros, ainda que meio mortos, para extrair carvão. A cada dia que passava havia menos gente na mina. À noite, Eddie ouvia os bombardeios; parecia que iam ficando mais próximos. Se as coisas ficassem muito ruins, imaginava o capitão, seus captores abandonariam a mina e destruiriam tudo. Ele observara a existência de trincheiras além das barracas de prisioneiros e grandes barris de combustível posicionados no alto da encosta.

– O combustível é para queimar as provas – sussurrou o capitão. – Eles estão cavando os nossos túmulos.

Três semanas depois, numa noite de lua e ar enevoado, Maluco Três montava guarda dentro das barracas. Tinha nas mãos duas pedras grandes, quase do tamanho de tijolos, com as quais tentava fazer malabarismos para espantar o tédio. Deixava cair, pegava, jogava para o alto e deixava cair outra vez. Coberto de fuligem negra, Eddie ergueu os olhos, aborrecido com aquele baticum. Estivera tentando dormir, mas agora se levantou vagarosamente. Sua visão clareou. Sentiu os nervos formigarem.

– Capitão... – sussurrou. – Pronto para entrar em ação?

O capitão levantou a cabeça.

– Em que você está pensando?

– As pedras – Eddie fez um gesto com a cabeça indicando o guarda.

– O que têm as pedras? – perguntou o capitão.

– Eu sei fazer malabarismo – Eddie sussurrou.

O capitão revirou os olhos.

– O quê?

Mas Eddie já estava gritando para o guarda:

– Ei! Você! Está fazendo errado!

Fez um movimento circular com as palmas das mãos.

– Assim! É assim que se faz! Me dá aqui!

Estendeu as mãos.

– Eu sei fazer. Me dá aqui.

Maluco Três olhou para ele com cautela. Dentre todos os guardas, Eddie sentia que sua melhor chance era com esse. Às escondidas, Maluco Três passava ocasionais pedaços de pão aos prisioneiros, jogando-os pelo pequeno buraco da cabana que servia de janela. Eddie fez novamente um movimento circular com as mãos e sorriu. Maluco Três se aproximou, parou, foi buscar sua baioneta e voltou para entregar as duas pedras a Eddie.

– É assim – disse Eddie, e começou a fazer malabarismo com

as pedras, sem a menor dificuldade. Aprendera, quando tinha 7 anos de idade, com um artista italiano que jogava seis pratos ao mesmo tempo. Eddie passara horas sem fim praticando no deque, com seixos, bolas de borracha, tudo o que encontrava. Não era nada de extraordinário. A maioria dos garotos do píer sabia fazer malabarismo.

Mas agora ele movia as duas pedras freneticamente, cada vez mais rápido, impressionando o guarda. Aí parou, devolveu as pedras e disse:

– Me dá outra.

Maluco Três grunhiu.

– *Três* pedras, certo? – Eddie levantou três dedos. – *Três*.

A essa altura, Morton e Smitty estavam sentados. O capitão se aproximou.

– O que está havendo aqui? – Smitty murmurou.

– Se eu conseguir uma pedra mais... – Eddie murmurou em resposta.

Maluco Três abriu a porta de bambu e fez o que Eddie queria que ele fizesse: chamou os outros. Maluco Um apareceu com uma pedra grande, e Maluco Dois entrou com ele. Maluco Três entregou a pedra a Eddie e gritou qualquer coisa. Deu um passo atrás, sorriu para os outros e fez um gesto para eles se sentarem, como que dizendo "Vejam só isto".

Cada pedra era do tamanho da palma da sua mão. Cantando uma melodia circense, Eddie brincava com elas num movimento ritmado... *"Da, da-da daaaaaa..."* Os guardas riam. Eddie ria. O capitão ria. Riso forçado, para ganhar tempo.

"Chega *mais per-to*", Eddie cantava, fingindo que as palavras faziam parte da canção. Morton e Smitty se aproximaram vagarosamente, simulando interesse.

Os guardas estavam gostando da diversão. Sua postura afrouxou. Eddie tentou prender a respiração. Só um pouco mais.

Jogou uma pedra bem alto, moveu as duas mais baixas, pegou a terceira, depois fez tudo de novo.

– Ahhh – disse Maluco Três, involuntariamente.

– Que tal, hein? – disse Eddie. Movimentava as pedras mais rápido agora. Jogou uma delas mais alto para observar os olhos de seus captores enquanto eles a seguiam no ar. Cantou *"Da, da--da-da daaaa..."*, depois *"Quando eu contar até três"*, depois *"Da, da-da-da daaa..."*, depois *"Capitão, o cara da esqueeerda..."*.

Maluco Dois fez uma cara de suspeita, mas Eddie sorriu do jeito como faziam os malabaristas do Ruby Pier quando sentiam que estavam perdendo a atenção do público.

– Vejam só isto, vejam só isto, vejam só isto! – Eddie arrulhava. – O maior espetáculo da Terra, meus amiguinhos!

Eddie acelerou e começou a contar: – Um... dois... – e jogou uma pedra muito mais alto do que antes. Os Malucos a acompanharam com o olhar.

– Agora! – gritou Eddie. Agarrou uma pedra no ar e, como bom arremessador de beisebol que sempre fora, jogou-a com força no rosto de Maluco Dois, quebrando-lhe o nariz. Pegou a segunda pedra e atirou-a com a mão esquerda bem no queixo de Maluco Um, que caiu para trás, enquanto o capitão saltava em cima dele, pegando sua baioneta. Momentaneamente paralisado, Maluco Três pegou a pistola e saiu disparando a esmo enquanto Morton e Smitty se atiravam em suas pernas. A porta se abriu com violência e Maluco Quatro entrou correndo. Eddie atirou a última pedra, que passou a centímetros da cabeça do soldado. Ao se esquivar, porém, Maluco Quatro foi atacado pelo capitão, que o esperava encostado à parede, com a baioneta. O capitão a enfiou com tanta força na caixa torácica de Maluco Quatro que os dois saíram pela porta aos trambolhões. Impelido pela adrenalina, Eddie saltou sobre Maluco Dois e esmurrou seu rosto com mais força do que jamais esmurrara qualquer um na avenida Pitkin. Agarrou uma pedra solta e bateu com toda a força em seu crânio repetidas vezes, até olhar para as próprias mãos e vê-las cheias de uma repugnante gosma arroxeada, que era sangue, pele e fuligem de carvão misturados. Aí ouviu um tiro e levou as mãos à cabeça, lambuzando as próprias têmporas com aquela gosma. Ergueu os olhos e viu Smitty em pé sobre ele, com uma pistola inimiga na mão. O corpo de Maluco Dois cedeu. Seu peito sangrava.

– Por Rabozzo – murmurou Smitty.

Em minutos, os quatro guardas estavam mortos.

Magros, descalços e cobertos de sangue, os prisioneiros agora corriam para a montanha escarpada. Eddie esperara disparos, mais guardas para enfrentar, mas não houve nenhum. As outras choupanas estavam vazias. Na verdade, o campo todo estava vazio. Eddie se perguntou durante quanto tempo foram apenas eles e os Quatro Malucos.

– Os outros provavelmente fugiram ao ouvir o bombardeio – sussurrou o capitão. – Somos o último grupo restante.

Os barris de óleo estavam colocados no primeiro aclive da montanha. A entrada da mina de carvão ficava a menos de 100 metros de distância. Havia nas imediações uma cabana de suprimentos. Depois de se certificar de que estava vazia, Morton entrou nela correndo; saiu com os braços cheios de granadas, fuzis e dois lança-chamas de aspecto primitivo.

– Vamos pôr fogo em tudo – disse.

Hoje é aniversário de Eddie

Em cima do bolo está escrito "Boa Sorte! Lute com bravura!", e do lado, junto à borda de glacê, alguém acrescentou, com anilina azul, as palavras "Volte logo para casa".

A mãe de Eddie já lavou e passou as roupas que ele irá vestir no dia seguinte. Colocou-as em um cabide pendurado no puxador do guarda-roupa e pôs embaixo delas o único par de sapatos destinado a ocasiões formais.

Eddie está na cozinha brincando com seus jovens primos romenos, as mãos atrás das costas enquanto eles tentam socar seu estômago. Um deles aponta pela janela da cozinha para o Carrossel Parisiense que está aceso para os frequentadores noturnos.

– Cavalos! – exclamam as crianças.

A porta da frente se abre e Eddie ouve uma voz que faz seu coração disparar, mesmo agora. Ele se pergunta se não é uma fraqueza que não deveria estar levando para a guerra.

– Oi, Eddie – diz Marguerite.

Lá está ela, na porta da cozinha, maravilhosa, e Eddie sente aquela familiar comichão no peito. Marguerite tira umas gotas de água da chuva do cabelo e sorri. Traz uma caixinha nas mãos.

– Eu trouxe uma coisa para você. Pelo seu aniversário, e, bem... pela sua partida também.

Ela sorri outra vez. Eddie sente uma vontade tão forte de abraçá-la, que acha que vai explodir. Não se importa com o que tem dentro da caixa. Só quer se lembrar dela entre-

gando-a para ele. Como sempre acontece quando está com Marguerite, o que Eddie mais quer é fazer parar o tempo.
– É fantástico – diz ele.
Ela ri.
– Você nem abriu ainda.
– Escute. – Ela chega mais perto. – Você...
– Eddie! – Alguém grita do outro cômodo. – Venha apagar as velas.
– É, sim! Estamos com fome!
– Ah, Sam, cale a boca!
– Estamos mesmo, ora.

Tem bolo, cerveja, leite, charutos, um brinde ao sucesso de Eddie, e tem o momento em que sua mãe começa a chorar e abraça o outro filho, Joe, que não vai para a guerra porque tem pé chato.

Mais tarde, naquela noite, Eddie sai para passear com Marguerite. Ele sabe o nome de cada bilheteiro e vendedor de comida, e todos lhe desejam sorte. Algumas das senhoras mais velhas têm os olhos marejados, e Eddie imagina que é porque seus próprios filhos já foram para a guerra.

Ele e Marguerite compram balas puxa-puxa, balas de melado, de framboesa selvagem e de cereja. Escolhem dentro do saquinho branco, brincando de brigar com os dedos um do outro. No fliperama, Eddie aperta uma mão mecânica e o medidor vai passando de "fracote" a "inofensivo", a "delicado", direto até "fortão".
– Você é forte mesmo, hein? – diz Marguerite.
– Fortão – diz Eddie, exibindo os músculos.

No fim da noite, eles estão em pé no deque, de um jeito que já viram nos filmes, de mãos dadas, encostados na balaustrada. Na areia, um velho catador fez uma pequena fogueira com gravetos e panos rasgados, e se aconchega ao lado dela, preparando-se para a noite.

– *Não precisa me pedir que o espere* – *diz Marguerite, de repente.*

Eddie engole em seco.

– *Não?*

Ela balança a cabeça. Eddie sorri. Poupado da pergunta que ficara presa em sua garganta a noite toda, ele sente como se uma corda tivesse acabado de saltar do seu coração e enlaçado os ombros dela, puxando-a para perto dele, tornando-a sua. Ele a ama mais neste momento do que jamais imaginou que fosse capaz de amar alguém.

Um pingo de chuva cai na testa de Eddie. Depois outro. Ele ergue os olhos para as nuvens que se acumulam.

– *Ei, Fortão!* – *diz Marguerite. Ela sorri, mas aí o seu rosto se anuvia e ela aperta os olhos para expulsar a água, e Eddie não sabe dizer se são gotas de chuva ou lágrimas.*

– *Não morre não, tá?* – *ela diz.*

Um soldado libertado costuma ser furioso. Os dias e noites que perdeu, as torturas e humilhações que sofreu – tudo isso exige uma vingança feroz, um acerto de contas.

Por isso, quando Morton, com os braços cheios de armas roubadas, disse aos demais "Vamos pôr fogo em tudo", houve uma rápida, se não lógica, concordância. Estimulados por sua nova sensação de controle, os homens se espalharam levando consigo o poder de fogo do inimigo. Smitty foi para a entrada do poço da mina, Morton e Eddie foram para os barris de óleo. O capitão saiu à procura de um meio de transporte.

– Cinco minutos, depois quero todos aqui de volta! – ele gritou. – Esse bombardeio vai começar logo e nós precisamos estar fora daqui. Entenderam? Cinco minutos!

Cinco minutos foi o tempo necessário para destruir o que havia sido o lar deles durante quase meio ano. Smitty jogou as granadas no poço da mina e correu. Eddie e Morton rolaram dois barris para dentro do conjunto de choupanas, abriram-nos com pés-de-cabra, acenderam, um a um, os bicos de seus recém-conquistados lança-chamas e ficaram olhando as choupanas começarem a pegar fogo.

– Queima! – gritou Morton.
– Queima! – gritou Eddie.

O poço da mina explodiu desde o fundo, fazendo subir uma fumaça negra até a entrada. Feito o trabalho, Smitty correu para o ponto de encontro. Morton empurrou seu barril de óleo para dentro de uma cabana e fez cuspir uma longa labareda.

Gozando a destruição, Eddie se pôs a caminho da última choupana, a maior delas, uma espécie de barracão. Apontou sua arma. *Agora acabou,* disse a si mesmo. *Acabou.* Todas essas semanas e meses nas mãos desses desgraçados, esses guardas subumanos com seus dentes tortos, suas caras ossudas e sua sopa de marimbondos. Não sabia o que lhes aconteceria em seguida, mas não poderia ser pior do que o que tinham passado naquele lugar.

Eddie apertou o botão. *Wuuush*. O fogo se alastrou rapidamente. O bambu estava seco, e em um minuto as paredes do barracão se derreteram em chamas alaranjadas e amarelas. Eddie ouviu o ronco distante de um motor – o capitão, ele supunha, encontrara alguma coisa com que escapar dali – e de repente, vindos do céu, os primeiros sons de bombardeio, o mesmo bombardeio que ouviram toda a noite. Como estavam mais próximos agora, Eddie pensou que, quem quer que fossem, veriam imediatamente as chamas. Talvez eles fossem resgatados. Talvez ele pudesse voltar para casa! Virou-se então para o barracão em chamas e...

O que era aquilo?

Ele apertou os olhos.

O que era aquilo?

Alguma coisa passou correndo atrás do vão da porta. Eddie tentou concentrar a visão. O calor era intenso, por isso protegeu os olhos com a mão livre. Não tinha certeza, mas pensou ter visto uma pequeno vulto correndo em meio às chamas.

– Ei! – gritou Eddie, dando um passo à frente e baixando a arma. – EI! – A cobertura do barracão começou a ruir, espalhando faíscas e chamas. Talvez fosse apenas uma sombra.

– EDDIE! AGORA!

Morton estava um pouco mais longe, acenando para que Eddie viesse. Eddie tinha os olhos injetados e a respiração acelerada. Apontando para o barracão, ele gritou:

– Eu acho que tem alguém lá dentro!

Morton levou uma das mãos ao ouvido.

– O quê?

– Alguém... lá dentro!
Morton balançou a cabeça. Não conseguia escutar. Eddie se virou e teve quase certeza de ter visto outra vez, arrastando-se dentro do barracão em chamas, um vulto do tamanho de uma criança. Já fazia mais de dois anos que só via homens adultos, e aquela silhueta irreal o fez pensar de repente em seus priminhos lá no píer, no Trenzinho de Li'l Folks, na montanha-russa, nos meninos na praia, em Marguerite e seu retrato e em tudo o que tirara da cabeça durante tantos meses.
– Ei! SAIA DAÍ! – ele gritou, abaixando o lança-chamas e chegando ainda mais perto. – EU NÃO VOU ATI...
Eddie sentiu a mão de alguém agarrá-lo pelo ombro e puxá-lo com força para trás. Virou-se, com o punho cerrado. Era Morton gritando:
– EDDIE! Nós temos que ir AGORA!
Eddie balançou a cabeça.
– Não, não, espere. Espere, eu acho que tem alguém na...
– Não tem ninguém aí! VAMOS EMBORA!
Desesperado, Eddie se virou outra vez para o barracão. Morton o agarrou de novo. Dessa vez Eddie se livrou com um safanão que atingiu o companheiro no peito. Morton caiu de joelhos. A cabeça de Eddie latejava. Seu rosto se contorcia de ódio. Virou-se outra vez para as chamas, com os olhos quase fechados. Aquilo lá. O que era aquilo? Enroscado atrás da parede? Lá?
Deu um passo à frente, convencido de que alguém inocente estava morrendo queimado diante dele. Então, o resto do telhado desabou com estrépito e fagulhas começaram a cair sobre sua cabeça como poeira elétrica.
Nesse instante, a guerra inteira começou a sair de dentro dele como bílis. Estava enojado do cativeiro, enojado de assassinatos, enojado do sangue e da gosma seca em suas têmporas, enojado dos bombardeios e incêndios, enojado da futilidade de tudo

aquilo. O que mais desejava naquele momento era salvar alguma coisa, um pedaço de Rabozzo, um pedaço de si mesmo, qualquer coisa, por isso saiu cambaleando em meio aos destroços do incêndio, loucamente convencido de que havia uma alma dentro de cada sombra. Lá em cima, os aviões rugiam e os disparos de suas metralhadoras soavam como o rufar de tambores.

Eddie seguia em frente, como que em transe. Ao passar por uma poça de óleo em chamas, o fogo atingiu sua roupa. Uma chama amarelada queimava-lhe a coxa e a panturrilha. Ele ergueu os braços e começou a gritar.

– EU VOU AJUDÁ-LO! SAIA DAÍ! EU NÃO VOU ATI...

Uma dor lancinante atravessou a perna de Eddie. Aos berros, ele proferiu uma terrível blasfêmia e desabou no chão. O sangue esguichava abaixo do seu joelho. Os motores dos aviões rugiam. Clarões azulados iluminavam os céus.

Ele permaneceu deitado, sangrando e queimando, os olhos fechados devido ao calor abrasador, e pela primeira vez em sua vida Eddie se sentiu pronto para morrer. Foi quando alguém o puxou para trás e o rolou na lama para apagar as chamas. Atordoado e fraco demais para resistir, ele se deixou arrastar como um saco de feijão. Logo estava dentro de um veículo de transporte, com os demais à sua volta dizendo-lhe para aguentar o mais que pudesse. Com as costas queimadas e o joelho insensível, Eddie se sentiu tonto e cansado, cansado demais.

O capitão assentiu com a cabeça, lentamente, ao relembrar aqueles últimos momentos.

– Você lembra alguma coisa a respeito de como saiu de lá? – perguntou.

– Na verdade, não – disse Eddie.

– Levamos dois dias. Você ficou o tempo todo semiconsciente. Perdeu muito sangue.

– Mas conseguimos – disse Eddie.

– Ééé... – O capitão prolongou a palavra e pontuou-a com um suspiro. – Aquela bala pegou você de jeito.

Na verdade, a bala nunca fora totalmente removida. Rompera vários nervos e tendões e se espatifara contra um osso, fraturando-o verticalmente. Eddie passou por duas cirurgias. Nenhuma resolveu totalmente o problema. Os médicos disseram que ele ficaria com um defeito que tenderia a piorar com a idade, à medida que os ossos malformados se deteriorassem. "Foi o melhor que pudemos fazer", disseram-lhe. Era mesmo? Quem saberia dizer? Tudo o que Eddie sabia era que acordara em uma unidade médica, e sua vida nunca mais fora a mesma. Não podia mais correr. Não podia mais dançar. E o pior de tudo é que, por algum motivo, não era mais capaz de sentir as coisas da mesma forma. Retraiu-se. Tudo lhe parecia fútil e sem sentido. A guerra se alojara dentro de Eddie, em sua perna e em sua alma. Ele aprendera muitas coisas como soldado. Quando voltou para casa era um homem diferente.

∽

– Você sabia – disse o capitão – que eu venho de três gerações de militares?

Eddie deu de ombros.

– É. Aprendi a atirar com pistola quando tinha 6 anos. De manhã, meu pai inspecionava minha cama, ia ver se os lençóis estavam perfeitamente esticados. Na mesa de jantar só se falava "Sim, senhor", "Não, senhor". Até entrar para o serviço militar, tudo o que eu fiz na vida foi receber ordens. A segunda coisa que eu aprendi foi dar ordens. Antes da guerra, as coisas eram de um jeito. Eu tinha um bando de recrutas espertos. Mas aí a guerra começou e chegou um monte de caras novas. Rapazes, como você, todos fazendo continência para mim, na expectativa de que eu lhes dissesse o que fazer. Eu podia sentir o medo nos olhos deles. Agiam como se eu soubesse coisas a respeito da guerra às quais eles não tinham acesso. Achavam que eu tinha o poder de mantê-los vivos. Você também, lembra?

Eddie teve que admitir que sim.

O capitão moveu o corpo para trás e coçou o pescoço.

– Eu não tinha esse poder, é claro. Também recebia ordens. Mas eu achava que, se não tinha o dom de mantê-los vivos, podia pelo menos mantê-los juntos. No meio de uma guerra imensa, a gente tem que acreditar em alguma coisa e ir atrás dela. Quando encontra uma, se agarra a ela como um soldado que reza numa trincheira se agarra ao seu crucifixo. Eu me agarrei a essa pequena ideia que repetia para vocês todos os dias: *ninguém fica para trás*.

Eddie assentiu com um gesto.

– Isso significava muito – disse.

O capitão olhou direto para ele.

– Assim eu espero.

De dentro do bolso da camisa tirou outro cigarro e o acendeu.

– Por que está me dizendo isso? – perguntou Eddie.

O capitão soltou a fumaça e fez um gesto com a ponta do cigarro em direção à perna de Eddie.

– Porque fui eu que atirei em você.

Eddie olhou para sua perna balançando no galho da árvore.

As cicatrizes da operação tinham voltado. A dor também. Sentiu brotar dentro de si uma coisa que não sentia desde antes de morrer, que aliás havia muitos anos não sentia: uma onda de raiva, um ímpeto de bater em alguma coisa. Apertou os olhos e encarou o capitão que apenas olhava para ele, impassível, como se soubesse o que viria em seguida. Deixou o cigarro cair de seus dedos.

– Vá em frente – sussurrou.

Com um grito, Eddie investiu contra ele, sacudindo os braços, e os dois caíram do galho da árvore e rolaram por entre galhos e trepadeiras, lutando ao longo de toda a queda.

– Por quê? Seu desgraçado! Desgraçado. Você, não! POR QUÊ? – Eles agora se atracavam na terra lamacenta. Montado sobre o peito do capitão, Eddie desferiu-lhe uma saraivada de golpes no rosto. O capitão não sangrou. Eddie o sacudiu pelo colarinho e bateu com a cabeça dele no chão de lama. O capitão nem piscou. Ao contrário, rolava de um lado para outro a cada golpe, dando espaço para a ira de Eddie. Até que finalmente agarrou Eddie com um dos braços e girou, invertendo a posição.

– Porque – disse calmamente, com o cotovelo atravessado no peito de Eddie – nós o teríamos perdido naquele incêndio. Você teria morrido. E não era a sua hora.

Eddie resfolegava.

– A minha... hora?

O capitão prosseguiu.

– Você estava obcecado com a ideia de entrar lá. Quase nocauteou Morton quando ele tentou detê-lo. Nós tínhamos um minuto para ir embora e, droga, você era muito forte.

Com um ímpeto final de raiva, Eddie agarrou o capitão pelo colarinho. Puxou-o para junto de si. Viu seus dentes amarelos de tabaco.

– Minha... perrrnaaa! – Eddie bufava. – Minha vida!

– Eu atirei na sua perna – disse o capitão calmamente – para salvar sua vida.

Eddie o soltou e caiu para trás, exausto. Os braços lhe doíam. A cabeça girava. Aquele momento o perseguira durante anos e anos, aquele único erro que mudara toda a sua vida.

– Não havia ninguém naquela cabana. O que é que eu estava pensando? Se eu simplesmente não tivesse ido até lá... – Sua voz foi morrendo num sussurro. – Por que é que eu não morri, simplesmente?

– Ninguém é deixado para trás, lembra? – disse o capitão. – O que aconteceu com você eu já tinha visto outras vezes. Quando o soldado atinge um determinado ponto, ele perde a noção das coisas. Às vezes acontece no meio da noite. O cara simplesmente abre a barraca e sai andando, descalço, seminu, como se estivesse indo para casa, como se morasse ali na esquina. Às vezes acontece no meio da batalha. O soldado abaixa a arma, com os olhos vazios. Acabou para ele. Não consegue mais lutar. Normalmente, leva um tiro. No seu caso, foi simplesmente isso, você saiu do ar na frente de um incêndio um minuto antes de a gente fugir daquele lugar. Eu não podia deixar você ser queimado vivo. Imaginei que uma ferida na perna acabaria sarando. Tiramos você de lá e os outros o levaram a uma unidade médica.

A respiração de Eddie martelava em seu peito. Sua cabeça estava coberta de lama e folhas. Passou-se um minuto até ele se dar conta da última coisa que o capitão dissera.

– Os outros? – disse Eddie. – O que você quer dizer com os outros?

O capitão se levantou. Tirou um graveto da perna.

– Você voltou a me ver? – perguntou.

Eddie não voltara a vê-lo. Fora levado de helicóptero ao hospital militar e, finalmente, em razão da sequela em sua perna, desligado do serviço e mandado de volta aos Estados Unidos. Ouviu dizer, meses depois, que o capitão tinha morrido, mas imaginou tratar-se de algum combate com outra unidade. Um dia chegou uma carta com uma medalha dentro, que Eddie deixou de lado, sem abrir. Passou os meses seguintes soturno e ensimesmado, esquecido dos detalhes da guerra e sem qualquer interesse em relembrá-los. Tempos depois, mudou de endereço.

– É como eu lhe dizia – falou o capitão. – Tétano? Febre amarela? Aquela fuzilaria toda? Tudo foi só uma grande perda do meu tempo.

E, com um meneio de cabeça, indicou um ponto atrás do ombro de Eddie, que se virou para olhar.

O que viu, de repente, não eram mais as colinas desoladas, mas a noite da sua fuga, o luar enevoado, os aviões chegando e as cabanas em chamas. O capitão dirigia o veículo, acompanhado por Smitty, Morton e Eddie. Eddie ia deitado no banco de trás, queimado, ferido, semiconsciente, enquanto Morton fazia um torniquete em seu joelho. O bombardeio se aproximava. Clarões como os de um sol intermitente iluminavam o céu negro a cada poucos segundos. Ao chegar ao alto da colina, o veículo deu uma guinada e parou. Havia um portão improvisado, de madeira e arame, que não podia ser contornado porque o terreno descia abruptamente de ambos os lados da estrada. O capitão pegou um fuzil e saltou. Atirou no cadeado e abriu o portão. Fez um sinal para que Morton assumisse o volante e apontou para os próprios olhos, indicando que ia verificar o caminho à frente que serpenteava até penetrar em uma mata cerrada. À medida que seus pés descalços permitiam, ele correu até uns 50 metros adiante da curva da estrada.

O caminho estava livre. O capitão acenou para os homens. Ouviu o zunido de um avião e ergueu os olhos para ver de que lado era. Foi no exato momento em que olhou para o céu que um clique soou embaixo do seu pé direito.

A mina explodiu instantaneamente, uma língua de fogo saída do fundo da terra que jogou o capitão a seis metros de altura e o reduziu a uma massa disforme de ossos, cartilagens e centenas de pedaços de carne carbonizada, alguns dos quais passaram voando sobre o lamaçal e foram parar entre os ramos das figueiras-bravas.

A segunda lição

– Meu deus – disse Eddie, fechando os olhos e jogando a cabeça para trás. – Meu Deus! Eu não fazia a menor ideia, senhor. Que coisa terrível. Que tragédia!

O capitão assentiu com a cabeça e olhou ao longe. As colinas tinham voltado à sua desolação, com os ossos de animais, o veículo quebrado e os destroços fumegantes da aldeia. Eddie se deu conta de que esta era a terra sepulcral do capitão. Nenhum funeral. Nenhum caixão. Só o seu esqueleto despedaçado e a terra lamacenta.

– O senhor esteve esperando aqui todo esse tempo? – sussurrou Eddie.

– O tempo – disse o capitão – não é o que você pensa. – Ele se sentou ao lado de Eddie. – Morrer? Não é o fim de tudo. Nós achamos que é. Mas o que acontece na Terra é só o começo.

Eddie parecia perdido.

– Eu imagino que é como na Bíblia, Adão e Eva, entende? – disse o capitão. – Sabe a primeira noite de Adão na Terra? Quando ele se deita para dormir? Ele pensa que tudo acabou. Ele não sabe o que é dormir. Seus olhos estão fechando e ele pensa que está deixando este mundo, certo? Só que não está. Adão acorda na manhã seguinte e vê que tem um mundo inteiro, novinho, para cuidar, mas tem também outra coisa. Ele tem um dia de ontem.

O capitão abriu um sorriso.

— No meu modo de entender, é isto que a gente vem fazer aqui, soldado. O céu é isto. A gente vem entender nossos dias de ontem.

Pegou o maço de cigarros e começou a tamborilar nele.

— Você está me entendendo? Eu nunca fui muito bom em ensinar.

Eddie olhou atentamente para o capitão. Sempre pensara nele como um homem muito mais velho. Agora, porém, com um pouco menos de fuligem a esconder-lhe o rosto, Eddie notou as poucas rugas de sua pele e sua espessa cabeleira escura. Devia estar na casa dos 30 anos.

— Você está aqui desde que morreu — disse Eddie —, mas isso é o dobro do tempo que você viveu.

O capitão fez que sim movendo a cabeça.

— Eu estava esperando você.

Eddie baixou os olhos.

— Foi o que disse o Homem Azul.

— Bem, ele também estava. Ele fazia parte da sua vida, parte do sentido da sua vida e da maneira como você viveu, parte da história que você precisava conhecer, mas ele já lhe contou e agora está além daqui e em breve eu também vou estar. Portanto, me escute. Porque é isto que você precisa saber de mim.

Eddie sentiu suas costas se aprumarem.

※

— Sacrifício — disse o capitão. — Você fez um. Eu fiz um. Todos fazemos. Mas você sentia raiva do seu. Ficou pensando no que perdeu. Você não entendeu. O sacrifício faz parte da vida. Deve fazer. A gente não pode se lamentar por isso. É uma coisa que deve ser desejada. Pequenos sacrifícios. Grandes sacrifícios. A mãe que trabalha para o filho poder ir à escola. A filha que volta para casa para cuidar do pai doente. O homem que vai para a guerra...

Parou um momento e olhou para o céu nublado e cinzento.

– Rabozzo não morreu em vão, sabe? Ele se sacrificou por seu país, e sua família sabia disso. Seu irmão mais novo acabou se tornando um bom soldado e um grande homem, porque se inspirou em seu exemplo. Eu também não morri inutilmente. Naquela noite, nós poderíamos ter passado juntos por cima daquela mina. Aí teríamos morrido os quatro.

Eddie balançou a cabeça.

– Mas você... – baixou a voz. – Você perdeu a sua vida.

O capitão estalou a língua nos dentes.

– É isso. Às vezes, quando a gente sacrifica algo de muito valor, na verdade, não está perdendo essa coisa. Está apenas transmitindo-a a outra pessoa.

O capitão foi até onde estavam o capacete, o fuzil e as placas de identificação, o túmulo simbólico ainda encravado no chão. Colocou o capacete e as placas embaixo do braço, tirou o fuzil da lama e atirou-o como uma lança. Ele não caiu no chão. Simplesmente flutuou no céu e desapareceu. O capitão se virou.

– Eu atirei em você, é verdade – disse –, e você perdeu algo, mas ganhou algo também. Só que você ainda não sabe o que é. Eu também ganhei alguma coisa.

– O quê?

– Consegui manter minha promessa. Não deixei você para trás.

Estendeu a mão aberta.

– Me perdoa por sua perna?

Eddie pensou por um momento. Pensou na amargura que sentira por causa do ferimento, na raiva por tudo a que renunciara.

Depois pensou nas coisas a que o capitão renunciara e se sentiu envergonhado. Estendeu a mão. O capitão apertou-a com força.

– Era por isso que eu estava esperando.

De repente, a espessa trepadeira caiu dos galhos da figueira-brava e, com um silvo, desapareceu no chão. Ramos novos e saudáveis se espalharam por ela preguiçosamente, cobertos de folhas fortes e macias e cachos de figos. O capitão deu uma rápida olhada, como se já esperasse aquilo. Depois, com as palmas das mãos abertas, tirou o resto da fuligem que ainda tinha no rosto.

– Capitão – disse Eddie.

– Sim?

– Por que aqui? O senhor podia escolher qualquer lugar para esperar, não podia? Foi o que disse o Homem Azul. Então por que este lugar?

O capitão sorriu.

– Porque eu morri em combate. Tombei nestas montanhas. Deixei o mundo sem conhecer quase nada além da guerra: assuntos de guerra, planos de guerra, família de guerra. Meu desejo era ver como o mundo se parecia sem guerra. Antes de começarmos a nos matar uns aos outros.

Eddie olhou ao redor.

– Mas isto aqui é a guerra.

– Para você. Mas seus olhos são diferentes – disse o capitão. – O que você vê não é o que eu vejo.

Ergueu uma das mãos e a paisagem se transformou. Os destroços se derreteram, as árvores cresceram e estenderam suas copas, a lama do chão se transformou em uma luxuriante relva verde. As nuvens escuras se abriram como cortinas, revelando um céu cor de safira. Uma névoa leve e branca desceu sobre o topo das árvores e um sol cor de pêssego maduro brilhou no horizonte, refletido no oceano cintilante que agora rodeava a ilha. Beleza intocada, pura, imaculada.

Eddie ergueu os olhos para seu comandante, que tinha agora o rosto limpo e o uniforme perfeitamente passado.

– Isto – disse o capitão, erguendo os braços – é o que eu vejo. Ficou em pé por um momento, assimilando.

– Falando nisso, eu não fumo mais. Estava tudo nos seus olhos também. – Fez um muxoxo. – Por que motivo eu haveria de fumar no céu?

E virou-se para ir embora.

– Espere – gritou Eddie. – Preciso saber uma coisa. Minha morte. No píer. Eu salvei a menina? Eu senti as mãos dela, mas não consigo lembrar...

O capitão se virou e Eddie engoliu as palavras, constrangido por perguntar aquilo, ao lembrar da maneira horrível como o capitão morrera.

– Eu só queria saber, nada mais – murmurou.

O capitão coçou atrás da orelha. Olhou para Eddie com simpatia.

– Não posso lhe dizer, soldado.

Eddie baixou a cabeça.

– Mas alguém pode.

O capitão jogou o capacete e as placas.

– É tudo seu.

Dentro da aba do capacete havia uma foto amarfanhada de mulher que fez o seu coração doer de novo. Quando ergueu os olhos, o capitão tinha ido embora.

SEGUNDA-FEIRA, 7:30 DA MANHÃ

Na manhã seguinte ao acidente, Domiguez chegou cedo à oficina, fugindo da sua rotina de comer pão com refrigerante no café da manhã. O parque estava fechado, mas ele entrou assim mesmo e abriu a torneira da pia. Deixou a água escorrer em suas mãos, pensando em limpar alguma peça. Aí mudou de ideia e fechou a torneira. Tudo pareceu duas vezes mais silencioso do que um minuto atrás.

– E aí?

Willie apareceu na porta da oficina. Vestia um pulôver verde e calça jeans larga. Trazia um jornal. A manchete dizia: "Tragédia no Parque de Diversões".

– Não consegui dormir direito – disse Dominguez.

– É... – Willie deixou-se cair sentado num tamborete de ferro.

– Nem eu.

Deu meia-volta no tamborete, olhando o jornal com um ar perplexo.

– Quando você acha que eles vão reabrir o parque?

Dominguez deu de ombros.

– Terá que perguntar à polícia.

Ficaram alguns minutos sentados em silêncio, mudando alternadamente de posição. Dominguez suspirou. Willie levou a mão ao bolso para pegar uma tira de chiclete. Era segunda-feira. De manhã. Estavam esperando o velho entrar para dar início ao dia de trabalho.

A terceira pessoa que Eddie encontra no céu

Um vento súbito levantou Eddie, que girou como um relógio de bolso pendurado numa corrente. Uma explosão de fumaça o envolveu e seu corpo foi engolido por uma torrente de cores. O céu pareceu se contrair, a ponto de Eddie senti-lo tocar sua pele como um cobertor franzido. Depois se expandiu, numa explosão verde-jade. Surgiram estrelas, milhões de estrelas, como grãos de sal espalhados pelo firmamento esverdeado.

Eddie fechou e abriu os olhos. Estava nas montanhas agora, montanhas extraordinárias, uma cordilheira que não acabava nunca, com picos nevados, rochas recortadas e encostas de puro púrpura. Na planície, entre dois espinhaços, as águas de um grande lago negro refletiam o clarão da lua.

Ao longe, Eddie viu uma vibração de luzes coloridas que mudavam ritmicamente a cada poucos segundos. Avançou nessa direção – e se deu conta de que estava com neve pelos tornozelos. Levantou os pés e os sacudiu com força. Os flocos se soltaram, emitindo cintilações douradas. Ao tocá-los, percebeu que não eram frios nem quentes.

Onde estou agora?, pensou Eddie, e pôs-se a examinar o próprio corpo pressionando os ombros, o peito e o estômago. Os músculos do braço permaneciam rígidos, mas a região do estômago estava mais solta e flácida. Após um instante de hesitação, apertou o joelho esquerdo. Uma pontada de dor o obrigou a se encolher. Esperara que a ferida desaparecesse depois que o capitão fora embora. Em vez disso, estava mais parecido com o homem que era na Terra, com cicatrizes, gordura e tudo o mais. Por que o céu o faria reviver sua própria decadência?

Seguiu as luzes que vibravam ao longe na estreita cordilheira. Era uma paisagem impressionante, nua e silenciosa como sempre imaginara que fosse o céu. Por um momento se perguntou se já não tinha terminado, se o capitão não estava errado afinal, se não havia mais ninguém para encontrar. Depois de vencer a neve acumulada ao redor de uma saliência rochosa, chegou à grande clareira de onde se originavam as luzes. Fechou e abriu os olhos outra vez – agora, de perplexidade.

No meio do campo nevado, surgida do nada, havia uma construção em forma de contêiner, com fachada de aço inoxidável e cobertura de telhas vermelhas, em cima da qual piscava um letreiro com a palavra: REFEIÇÕES.

Um restaurante de beira de estrada.

Eddie passara muitas horas em lugares como esse. Pareciam todos iguais – cubículos com bancos de encosto alto, balcões reluzentes e janelas de vidros pequenos ao longo da fachada que, do exterior, faziam os fregueses parecerem viajantes num vagão de trem. Através delas, Eddie conseguia distinguir pessoas conversando e gesticulando. Subiu os degraus cobertos de neve até a porta dupla e, pela vidraça, examinou o interior.

À direita, um casal de idosos comia uma torta sem perceber sua presença. Havia fregueses sentados nos bancos giratórios junto ao balcão de mármore e outros nos cubículos com seus casacos pendurados nos ganchos. Davam a impressão de pertencer a décadas diferentes: Eddie viu uma mulher com um vestido de gola alta da década de 1930 e um rapaz de cabelos compridos com um símbolo da paz tatuado no braço. Muitos clientes pareciam feridos de guerra. Um negro com uniforme de trabalho não tinha um dos braços. Uma adolescente ostentava um corte profundo no rosto. Nenhum deles levantou os olhos quando Eddie bateu no vidro. Viu cozinheiros com chapéus brancos e pratos de comida fumegantes sobre o balcão prontos para serem servidos – comida com as cores mais suculentas: o vermelho profundo dos molhos e o amarelo do creme de manteiga. Seus olhos foram até o último cubículo à direita. Ficou paralisado.

Não pôde acreditar no que estava vendo.

– Não – sussurrou para si mesmo. Voltou atrás, afastando-se da porta. Seu coração disparou. Respirou fundo várias vezes. Virou-se, olhou de novo e começou a esmurrar furiosamente a vidraça. – Não! – berrou Eddie. – Não! Não! – Bateu até ter certeza de que o vidro ia se quebrar. – Não!

Eddie continuou berrando até que a palavra que precisava dizer, a palavra que havia décadas não pronunciava, se formou finalmente em sua garganta. Gritou então essa palavra – tantas vezes e com tanta força que sua cabeça latejou de dor. Mas o personagem dentro do cubículo permaneceu curvado, absorto, com uma das mãos pousada sobre a mesa e a outra segurando um cigarro, sem nunca erguer os olhos para os terríveis gritos de Eddie, que repetia, sem parar:

– PAI! PAI! PAI!

Hoje é aniversário de Eddie

No saguão sombrio e esterilizado do Hospital dos Veteranos de Guerra, a mãe de Eddie abre a caixa branca da confeitaria e rearruma as velas em cima do bolo, colocando exatamente 12 de cada lado. Em pé ao lado dela, as outras pessoas – o pai de Eddie, Joe, Marguerite e Mickey Shea – observam.

– Alguém tem um fósforo? – ela sussurra.

Todos verificam nos bolsos. Mickey pega uma caixa no bolso do paletó, deixando cair dois fósforos no chão. A mãe de Eddie acende as velas. O sinal sonoro anuncia a chegada do elevador, de onde sai uma maca.

– Muito bem, vamos – diz ela.

As chamas das velas oscilam durante todo o trajeto. O grupo entra no quarto de Eddie cantando suavemente: "Parabéns pra você, nesta data querida..."

O soldado da cama ao lado acorda gritando: "QUE DIABO É ISSO?" Aí se dá conta de onde está e se deita novamente, constrangido. Depois da interrupção, o parabéns parece ficar pesado demais, e só a voz trêmula e solitária da mãe de Eddie consegue prosseguir.

– Parabéns, Eddie querido... – diz ela, e encerra rapidamente: – Parabéns pra você.

Eddie se recosta no travesseiro. As queimaduras estão protegidas por bandagens, e a perna, totalmente engessada. Duas muletas estão apoiadas ao lado da cama. Ao olhar para aqueles rostos, ele é assaltado por um desejo de fugir.

Joe pigarreia.

– Ei, você parece muito bem – diz.

Os outros concordam imediatamente. Bem. Sim. Muito bem.

– Sua mãe trouxe um bolo – sussurra Marguerite.

A mãe de Eddie dá um passo à frente, como se fosse a sua vez, e o presenteia com a caixa de papelão.

Eddie murmura:

– Obrigado, mãe.

Ela olha ao redor.

– Onde podemos colocar isto?

Mickey pega uma cadeira. Joe limpa o tampo de uma pequena mesa. Marguerite afasta as muletas. O pai de Eddie é o único que não faz questão de se mexer. Fica em pé, encostado na parede do fundo, com o paletó pendurado no braço, olhando para a perna de Eddie envolvida no gesso, da coxa ao tornozelo.

O olhar de Eddie cruza com o dele. O pai abaixa os olhos e passa a mão no peitoril da janela. Eddie tensiona todos os músculos do corpo e tenta, com todas as suas forças, empurrar as lágrimas de volta aos seus canais.

Todos os pais causam danos aos filhos. É inevitável. A juventude, como o vidro novo, absorve as marcas de quem a manipula. Há pais que mancham, há pais que racham e há uns poucos que esmigalham a infância de seus filhos em pedacinhos rombudos, sem nenhuma possibilidade de conserto.

O primeiro dano causado pelo pai de Eddie foi o do descaso. Quando Eddie era bebê, ele raramente o segurava no colo e, quando ele era criança, costumava pegá-lo pelo braço com irritação muito mais frequentemente do que com amor. A mãe de Eddie lhe dava ternura; o pai só queria saber de disciplina.

Aos sábados, o pai de Eddie o levava ao píer. Eddie saía de casa com carrosséis e algodão-doce na cabeça, mas, depois de mais ou menos uma hora, o pai encontrava um rosto conhecido e dizia: "Você pode dar uma olhada no garoto pra mim?" Até ele voltar, geralmente tarde da noite, quase sempre bêbado, Eddie ficava aos cuidados de algum acrobata ou de um treinador de animais.

Apesar disso, Eddie passou um número incontável de horas da sua adolescência esperando ganhar a atenção do pai, sentado na balaustrada do deque e na oficina, de bermuda, sentado em cima de alguma caixa de ferramentas. Sempre dizia: "Eu posso ajudar, eu posso ajudar!", mas o único trabalho que lhe era confiado era se arrastar debaixo da roda-gigante, de manhã, antes do parque abrir, para recolher as moedas caídas dos bolsos dos fregueses na noite anterior.

Pelo menos quatro noites por semana, seu pai jogava cartas. Na mesa havia dinheiro, garrafas, cigarros e regras. A regra de Eddie era simples: não perturbar. Uma vez ele tentou ficar do lado do pai olhando suas cartas, mas o velho abaixou o charuto e explodiu em fúria, batendo no rosto de Eddie com as costas da mão. "Pare de respirar em cima de mim", disse. Eddie começou a chorar e sua mãe o puxou para junto dela, olhando feio para o marido. Eddie nunca mais chegou tão perto.

Havia noites em que as cartas não vinham boas. Depois que as garrafas se esvaziavam e a mãe de Eddie ia dormir, o pai transportava a sua fúria para o quarto de Eddie e Joe. Remexia nos poucos brinquedos e os atirava contra a parede. Depois obrigava os filhos a se deitarem com a cara contra o colchão, tirava o cinto e surrava-lhes o traseiro, berrando que eles desperdiçavam o seu dinheiro com porcarias. Eddie rezava para que a mãe acordasse, mas, quando isso acontecia, o pai a advertia para "ficar de fora". Vê-la na porta do quarto, fechando o robe, totalmente impotente, tornava as coisas ainda piores.

As mãos que deixaram marcas no vidro da infância de Eddie eram duras, calosas e vermelhas de raiva. Ele passou seus primeiros anos de vida sendo criticado, espancado e surrado. Foi este o segundo dano infligido, depois do descaso. O dano da violência. Pelo barulho dos passos do pai no corredor, Eddie já sabia o tamanho da violência que ia sofrer.

Em meio a tudo isso, e a despeito de tudo isso, Eddie adorava o pai, porque os filhos adoram seus pais, independentemente do mal que eles lhes possam causar. É assim que aprendem a devoção. Antes de se devotar a Deus ou a uma mulher, um menino se devotará ao seu pai, por mais insensato e inexplicável que isso possa ser.

Às vezes, como para atiçar as brasas menos vivas da fogueira, o pai de Eddie deixava uma ponta de orgulho arranhar o verniz do seu desinteresse. No campo de beisebol junto ao pátio da escola na avenida 14, ele ficava em pé ao lado da cerca, vendo Eddie jogar. Quando Eddie tacava a bola fora do campo, seu pai aprovava movendo a cabeça, e aí Eddie saía correndo para cobrir as bases. Quando Eddie voltava para casa de uma briga de rua, o pai notava os nós dos seus dedos escalavrados, ou o lábio partido, e perguntava: "O que aconteceu com o outro cara?" Eddie dizia que o pegara de jeito e isso, também, merecia a aprovação do pai. Quando Eddie atacou os garotos que estavam importunando o seu irmão – a mãe os chamava de "arruaceiros" –, Joe foi se esconder no quarto, envergonhado, e o pai de Eddie lhe disse: "Não se preocupe com ele. Você é o mais forte. Tome conta do seu irmão. Não deixe ninguém tocar nele."

Ao entrar para o ginásio, Eddie passou a copiar o horário de trabalho de seu pai no verão, levantando-se antes do amanhecer e trabalhando no parque até o cair da noite. Começou operando os brinquedos mais simples, acionando, por exemplo, as alavancas de freio que faziam o trenzinho parar suavemente. Nos anos seguintes foi trabalhar na oficina. O pai de Eddie testava suas habilidades em problemas de manutenção. Entregava-lhe um volante quebrado e dizia: "Conserte isto." Apontava uma corrente embolada e dizia: "Conserte isto." Trazia-lhe um para-lama enferrujado e uma lixa e dizia: "Conserte isto." Toda vez que terminava uma tarefa, Eddie devolvia o objeto ao pai, dizendo: "Está consertado."

À noite se reuniam em torno da mesa do jantar, a mãe no fogão, cozinhando, roliça e suada, e o irmão, Joe, jogando conversa fora, com o cabelo e a pele cheirando a água do mar. Joe se tornara um exímio nadador, razão pela qual o seu trabalho de verão consistia em tomar conta da piscina do Ruby Pier. Falava de todas as pessoas que via lá, de suas roupas de banho e do dinheiro que tinham. O pai de Eddie não se deixava impressionar. Certa vez Eddie o escutou falar com sua mãe sobre Joe. "Esse aí", disse ele, "só serve para ficar dentro d'água."

Eddie, no entanto, invejava o aspecto que Joe apresentava à noite, todo limpo e queimado de sol. As unhas de Eddie eram sujas de graxa como as de seu pai. Durante o jantar, ele procurava limpá-las com a unha do polegar. Uma vez Eddie notou que seu pai o observava. Pego de surpresa, o velho abriu um largo sorriso. "Sinal de que que você trabalhou duro hoje", disse ele, exibindo as próprias unhas antes de pegar o copo de cerveja.

A essa altura já um robusto adolescente, Eddie respondia com um simples aceno de cabeça. Sem saber, ele havia desistido das palavras e da afeição física e dado início ao ritual da comunicação com seu pai através de sinais. Tudo devia se passar internamente. Ele devia saber disso, e ponto final. Recusa de afeição. O dano estava feito.

Até que uma noite o diálogo acabou por completo. Foi depois da guerra, depois que Eddie teve alta do hospital, depois que o gesso foi removido de sua perna e ele voltou para o apartamento da família na avenida Beachwood. O pai, que estivera bebendo num bar das redondezas, chegou em casa tarde e encontrou Eddie dormindo no sofá. As trevas do combate haviam operado uma mudança em Eddie. Ele ficava o tempo todo dentro de casa. Raramente falava, mesmo com Marguerite. Passava horas na janela da cozinha olhando o carrossel, esfregando o joelho machucado. A mãe sussurrava que ele "só precisava de tempo", mas o pai ficava cada vez mais inquieto. Não fazia a menor ideia do que fosse depressão. Para ele, o problema era fraqueza, nada mais.

– Levanta – ele gritou, atropelando as palavras – e vai arranjar um emprego.

Eddie despertou. O pai gritou novamente.

– Levanta... e vai arranjar um emprego!

Mesmo cambaleante, o velho foi na direção de Eddie e o empurrou.

– Levanta e vai arranjar um emprego! Levanta e vai arranjar um emprego! Levanta... e... VAI ARRANJAR UM EMPREGO!

Eddie apoiou-se nos cotovelos.

– Levanta e vai arranjar um emprego! Levanta e...

– CHEGA! – gritou Eddie, pondo-se de pé sem se importar com a pontada de dor no joelho. Olhou com raiva para o pai, cara a cara, sentindo o cheiro de álcool e cigarro.

O velho olhou de relance para a perna de Eddie e rosnou, com uma voz ameaçadora.

– Está vendo só? Você... não está... tão... ferido.

Inclinou-se para trás para desferir um soco, mas Eddie instintivamente agarrou o braço do pai no meio do caminho. O velho arregalou os olhos. Era a primeira vez na vida que Eddie se defendia, a primeira vez que fazia outra coisa que não fosse aceitar pancadas como se as merecesse. O pai olhou para o próprio punho cerrado a pouca distância do alvo e, com as narinas dilatadas e os dentes rangendo, recuou um passo, libertando o braço com um repelão. Ficou olhando para Eddie como quem vê um trem partir.

Nunca mais falou com o filho.

Foi esta a última impressão deixada pelo pai no vidro de Eddie. O silêncio, que o perseguiu pelos anos que lhe restaram. O pai ficou calado quando Eddie se mudou para seu próprio apartamento e ficou calado quando Eddie arranjou um emprego de motorista de táxi. Ficou calado no casamento de Eddie e calado ficava quando Eddie vinha visitar a mãe. Ela pedia, aos prantos, implorava ao marido que parasse com aquilo, que esquecesse, mas o pai de Eddie repetia, entre dentes, o mesmo que dizia a todas as pessoas que lhe faziam esse pedido: "Esse garoto levantou a mão para mim." E assim encerrava a conversa.

Os pais sempre causam danos aos filhos. A vida deles juntos foi assim. Descaso. Violência. Silêncio. E agora, em algum lugar além da morte, Eddie desabava contra uma parede de aço inoxidável e se deixava afundar num banco de neve, aferrado uma vez mais pela recusa de um homem cujo amor ele, quase inexplicavelmente, ainda almejava, um homem que o ignorava, mesmo no céu. Seu pai. O dano consumado.

– Não se zangue – disse uma voz de mulher. – Ele não pode ouvi-lo.

Eddie levantou a cabeça. Uma senhora idosa estava em pé, na neve, ao seu lado. Tinha o rosto magro, com as bochechas caídas, e usava batom cor-de-rosa. Os cabelos brancos eram firmemente puxados para trás e finos o suficiente para deixar entrever, aqui e ali, o rosado do couro cabeludo. Por trás dos óculos de aro metálico se viam uns olhinhos azuis.

Eddie não se lembrava dela. Suas roupas eram de uma época anterior à sua, um vestido feito de seda e gaze, com um corpete em forma de avental alinhavado com contas brancas e arrematado com uma laçada de veludo logo abaixo do pescoço. A saia tinha uma fivela em forma de diamante, presilhas e colchetes em toda a lateral. Sua postura era elegante, segurando a sombrinha com as duas mãos. Eddie deduziu que ela fora uma mulher rica.

– Nem sempre rica – disse ela, com um sorriso largo, como se o tivesse escutado. – Eu cresci mais ou menos como você, na periferia da cidade, e tive que deixar a escola quando fiz 14 anos. Eu era trabalhadora. Assim como minhas irmãs. Cada tostão que ganhávamos ia para a família...

Eddie a interrompeu. Não queria ouvir mais uma história.

– Por que o meu pai não pode me ouvir? – quis saber.

Ela sorriu.

– Porque o espírito dele, são e salvo, é parte da minha eternidade. Mas ele não está aqui, na verdade. Você, sim.

– Por que o meu pai tem que estar são e salvo para você?

Ela fez uma pausa.

– Venha.

⁓

Subitamente, eles chegaram ao sopé de uma montanha. A luz do restaurante era agora apenas um pontinho, como uma estrela caída dentro de uma fenda.

– Bonito, não? – disse a velha senhora. Eddie acompanhou seu olhar. Havia nela qualquer coisa familiar, como se ele já tivesse visto sua fotografia em algum lugar.

– A senhora é... a minha terceira pessoa?

– Estou aqui para isso – ela disse.

Eddie coçou a cabeça. Quem era essa mulher? O Homem Azul, o capitão, pelo menos ele se lembrava do lugar que tinham ocupado em sua vida. Mas por que uma estranha? Por que neste momento? Um dia Eddie desejara que a morte significasse reunir-se às pessoas que tinham morrido antes dele. Comparecera a tantos enterros, tantas vezes engraxara os sapatos pretos, procurara o chapéu, e ficara em pé no cemitério com a mesma desesperante pergunta: "Por que eles se foram e eu ainda estou aqui?" Sua mãe. Seu irmão. Seus tios e tias. Seu companheiro

Noel. Marguerite. "Um dia", afirmava o padre, "estaremos todos juntos no Reino dos Céus."

Onde estavam eles, então, se isto aqui era o céu? Eddie examinou atentamente essa estranha mulher. Sentiu-se mais sozinho do que nunca.

– Posso ver a Terra? – ele sussurrou.

Ela fez que não, balançando a cabeça.

– Posso falar com Deus?

– Isso você pode fazer sempre que quiser.

Ele hesitou antes de fazer a pergunta seguinte.

– Posso voltar?

Ela semicerrou os olhos.

– Voltar?

– É, voltar – disse Eddie. – À minha vida. Ao último dia. Há alguma coisa que eu possa fazer? Posso prometer ser bom? Posso prometer ir sempre à igreja? Qualquer coisa?

– Por quê?

– Por quê? – repetiu Eddie. E bateu com força na neve, que não era fria, com a mão desnuda que não sentia umidade. – Por quê? Porque este lugar não faz nenhum sentido para mim. Porque eu não me sinto como um anjo, se é que era assim que eu devia me sentir. Porque não me sinto absolutamente como se já tivesse entendido tudo. Não consigo me lembrar da minha morte nem do acidente. Tudo o que eu lembro são aquelas duas mãozinhas... uma garotinha que eu estava tentando salvar, sabe? Eu tentei empurrá-la para fora do caminho e devo ter agarrado as mãos dela e foi então que eu...

Ergueu os ombros.

– Que você morreu? – disse a velha senhora, sorrindo. – Faleceu? Partiu? Foi falar com Deus?

– Morri – ele disse, suspirando. – E isso é tudo o que eu lembro. Depois a senhora, os outros, tudo isso. A gente não devia ter paz quando morre?

– Temos paz – disse a mulher – quando estamos em paz com nós mesmos.

– Nada disso – falou Eddie, balançando a cabeça. – Nada disso. E pensou em contar para ela a agitação que sentira todos os dias desde a guerra, os pesadelos, a incapacidade de se interessar pelas coisas, as ocasiões em que foi sozinho até as docas para ver os peixes sendo puxados pelas grandes redes de corda, incomodado por se ver naquelas criaturas que se agitavam, impotentes, inapelavelmente prisioneiras.

Mas não lhe disse nada. Em vez disso, falou:

– Sem querer ofendê-la, minha senhora, o fato é que eu nem a conheço.

– Mas eu conheço você – ela disse.

Eddie suspirou.

– É mesmo? De onde?

– Bem – disse ela –, se você tiver um momento.

⁓

Eles então se sentaram, embora não houvesse onde se sentar. Ela simplesmente descansou no ar e cruzou as pernas, de um modo muito distinto, mantendo as costas eretas. A longa saia se dobrou elegantemente em torno de suas pernas. Soprava uma brisa, e Eddie sentiu um suave odor de perfume.

– Como já disse, eu era uma jovem trabalhadora. Era garçonete num lugar chamado Cavalo-Marinho. Ficava perto do oceano, onde você cresceu. Você se lembra dele, não?

Ela acenou com a cabeça na direção do restaurante, e tudo retornou para Eddie. É claro. Aquele lugar. Ele costumava tomar café da manhã ali. Um pé-sujo, como costumavam chamá-lo. Fora demolido havia muitos anos.

– A senhora? – disse Eddie, quase rindo. – A senhora foi garçonete no Cavalo-Marinho?

– Eu mesma – disse ela, com orgulho. – Servia café e bolinhos de siri com bacon aos estivadores e trabalhadores do porto. Eu era uma garota atraente naquela época, devo acrescentar. Recusei muitos pedidos de casamento. Minhas irmãs me censuravam. "Quem você pensa que é para ser tão exigente?", diziam. "Arranje um homem enquanto é tempo." Aí, numa manhã, o cavalheiro mais elegante que eu já vira em toda a minha vida entrou pela porta. Vestia um terno risca-de-giz e chapéu-coco, tinha cabelos escuros perfeitamente cortados e um bigode que lhe cobria o sorriso permanente. Fez um aceno aprovador com a cabeça quando o servi, e eu tentei não ficar olhando. Mas quando ele falou com seu colega, pude ouvir sua risada forte e confiante. Peguei-o duas vezes olhando em minha direção. Ao pagar a conta, ele disse que se chamava Emile e perguntou se podia ir me visitar. Naquele exato momento eu soube que minhas irmãs não teriam mais de ficar me chateando para eu tomar uma decisão. Nosso namoro foi divertidíssimo, pois Emile era um homem de posses. Ele me levou a lugares onde eu nunca tinha estado, comprou-me roupas que eu nunca imaginara usar, convidou-me para jantares que eu jamais experimentara em minha vida pobre e sem graça. Emile ganhara dinheiro rapidamente, investindo em madeira e aço. Era um perdulário, um homem que gostava de arriscar... Quando tinha uma ideia, passava por cima de qualquer obstáculo. Eu acho que foi por isso que se sentiu atraído por uma garota pobre como eu. Ele detestava pessoas nascidas na riqueza, preferia fazer coisas que "gente sofisticada" nunca faria. Uma delas era ir aos balneários oceânicos. Ele adorava os brinquedos, a comida picante, os ciganos, os videntes, os adivinhadores de peso e as mergulhadoras. E nós dois adorávamos o mar. Um dia, quando estávamos sentados na areia com a água batendo suavemente nos nossos pés, ele me pediu em casamento. Fiquei exultante. Disse a ele que sim e ficamos ouvindo o som das crianças brincando na água. Emile então jurou que ia construir um parque de diversões só para mim, custasse o que custasse, para eternizar a felicidade daquele momento... para permanecer eternamente jovem.

A velha senhora sorriu.

– Emile cumpriu sua promessa. Alguns anos mais tarde, fez um acordo com a companhia ferroviária que procurava uma forma de aumentar o movimento de passageiros nos fins de semana. Foi assim que muitos parques de diversões foram construídos, você sabe.

Eddie concordou com a cabeça. Ele sabia. A maioria das pessoas não. Elas achavam que os parques de diversões eram construídos por elfos usando varas de condão. Na verdade, os parques eram meras oportunidades de negócio para as companhias ferroviárias, que os erguiam nos pontos finais de suas linhas para que os usuários dos dias úteis tivessem um bom motivo para tomar o trem nos fins de semana. "Você sabe onde eu trabalho?", Eddie costumava dizer. "No fim da linha. É lá que eu trabalho."

– Emile – prosseguiu a mulher – construiu um lugar maravilhoso, um píer imenso usando a madeira e o aço que já possuía. Aí vieram as atrações mágicas: fliperamas, brinquedos, trenzinhos e passeios de barco. Importou-se um carrossel da França e uma roda-gigante de uma das feiras internacionais da Alemanha. Tinha torres, agulhas e milhares de lâmpadas incandescentes, tão brilhantes que à noite dava para ver o parque do convés de um navio no mar. Emile contratou centenas de trabalhadores, gente do local, artistas itinerantes e estrangeiros. Trouxe animais, acrobatas e palhaços. A entrada foi a última coisa a ficar pronta, e era realmente grandiosa. Todo mundo dizia. Ele me levou lá, com os olhos vendados. Quando tirou a venda foi que eu vi.

A velha senhora deu um passo atrás, afastando-se de Eddie. Olhou para ele com curiosidade, como se estivesse decepcionada.

– A entrada – ela disse. – Você não se lembra dela? Nunca se perguntou por que o parque tinha aquele nome? O lugar onde você trabalhou? Onde seu pai trabalhou?

Ela tocou o próprio peito delicadamente com os dedos cobertos por uma luva branca. E se abaixou, como que se apresentando formalmente.

– Eu – disse ela – sou Ruby.

Hoje é aniversário de Eddie

Eddie faz 33 anos. Acorda sobressaltado, com o peito arfando. Seu cabelo negro está empapado de suor. Abre e fecha os olhos com força para vencer a escuridão, tentando desesperadamente enxergar o próprio braço, os nós dos dedos, qualquer coisa que diga que ele está ali, no apartamento em cima da padaria, e não de volta à guerra, na aldeia, no meio do fogo. Aquele sonho. Será que vai parar um dia?

Falta pouco para as 4 da madrugada. Não adianta tentar dormir de novo. Espera a respiração voltar ao normal e sai lentamente da cama, procurando não acordar sua mulher. Baixa primeiro a perna direita, por hábito, tentando evitar a permanente rigidez da esquerda. Eddie começa todas as manhãs da mesma maneira. Um passo, uma coxeada.

No banheiro, ele vê seus olhos injetados e joga água no rosto. É sempre o mesmo sonho: Eddie vagando por entre as chamas, nas Filipinas, em sua última noite na guerra. As cabanas da aldeia estão em chamas e se ouve um som agudo, um guincho, constante. Alguma coisa invisível atinge as pernas de Eddie, ele tenta espantá-la com um tapa, mas não consegue. Dá outro tapa e novamente não consegue. As chamas se intensificam, rugem como um motor, e então aparece Smitty chamando Eddie, gritando: "Vamos embora! Vamos embora!" Eddie tenta falar, mas, quando abre a boca, é um guincho agudo que sai da sua garganta. Então alguma coisa agarra as suas pernas, puxando-o para debaixo da terra lamacenta.

Aí ele acorda. Suando. Ofegante. Sempre a mesma coisa. O pior não é a insônia. O pior é a escuridão absoluta que o sonho deixa sobre ele, uma película cinzenta que nubla todo o seu dia. Até os seus momentos felizes parecem encapsulados, como buracos abertos numa camada de gelo duro.

Veste-se silenciosamente e desce as escadas. O táxi está estacionado na esquina, seu lugar de costume. Eddie tira o orvalho do para-brisa. Nunca fala da escuridão a Marguerite. Ela lhe alisa o cabelo e pergunta "Algum problema?", ele responde "Nada, só estou cansado", e fica por isso mesmo. Como ele pode explicar toda essa tristeza quando devia estar feliz com ela? A verdade é que ele mesmo não sabe explicar. Tudo o que sabe é que algo se colocou na sua frente, bloqueando seu caminho, até que, com o tempo, ele foi desistindo das coisas, desistiu de estudar engenharia e desistiu da ideia de viajar. Estacionou na vida. E aí ficou.

Esta noite, de volta do trabalho, Eddie para o táxi na esquina. Sobe lentamente as escadas. De seu apartamento vem uma música, uma canção conhecida.

"Você me fez amar você
Eu não queria fazer isso,
Eu não queria fazer isso..."

Abre a porta e vê sobre a mesa um bolo e uma pequena sacola branca, amarrada com uma fita.

– Querido? – grita Marguerite do quarto. – É você?

Ele ergue a sacola branca. Bala puxa-puxa. Do píer.

– Parabéns pra você... – Marguerite aparece, cantando com sua voz doce e suave. Está linda, com o vestido estampado preferido de Eddie, a boca pintada e o cabelo feito. Eddie sente que precisa respirar, como se não merecesse aquele

momento. Luta contra a escuridão dentro de si: "Me deixa em paz", pensa. "Me deixa sentir isto do jeito que devo sentir."
Marguerite termina a canção e o beija nos lábios.
– Quer lutar comigo pelo puxa-puxa? – ela sussurra.
Ele faz menção de beijá-la outra vez. Alguém bate na porta.
– Eddie! Você está aí? Eddie?
É o senhor Nathanson, o padeiro, que mora no térreo, atrás da loja. Ele tem telefone. Quando Eddie abre a porta, Nathanson está em pé na soleira, vestido com um roupão. Parece preocupado.
– Eddie – ele diz. – Desce aqui. Tem um telefonema para você. Eu acho que aconteceu alguma coisa com seu pai.

"Eu sou Ruby."

De repente, ficou claro para Eddie o motivo pelo qual essa mulher lhe parecera familiar. Ele a vira numa fotografia, em algum lugar nos fundos da oficina, entre os velhos manuais e documentos do proprietário original do parque.

– A entrada antiga... – disse Eddie.

Ela meneou a cabeça, satisfeita. A entrada original do Ruby Pier fora um verdadeiro marco, uma grande arcada inspirada num famoso templo francês, com colunas estriadas e uma cúpula em abóbada. Bem embaixo da cúpula, sob a qual passava todo o público, havia uma pintura, o rosto de uma linda mulher. Esta mulher. Ruby.

– Mas aquilo foi destruído há muito tempo – disse Eddie. – Houve um grande...

Ele parou.

– Incêndio – disse a mulher. – Sim. Um incêndio enorme. – Ela deixou cair o queixo e olhou para baixo, por trás dos óculos, como se estivesse lendo alguma coisa em seu colo.

– Era o Dia da Independência, 4 de julho: um feriado. Emile adorava feriados. "Bom para os negócios", ele costumava dizer. Se o Dia da Independência fosse bom, o verão inteiro seria bom. Emile preparou uma queima de fogos. Trouxe uma banda marcial. Chegou a contratar trabalhadores extras, braçais, em sua maioria, só para aquele fim de semana. Mas houve um acidente na noite anterior ao feriado. Fazia calor, mesmo depois do pôr do sol, e alguns dos operários que resolveram dormir do lado de fora, atrás dos barracões, improvisaram um fogão num barril metálico para preparar a comida. Durante a noite, os trabalhadores beberam e farrearam. Pegaram alguns fogos de artifício menores e os acenderam. O vento soprava. Voaram faíscas. Naquele tempo, tudo era feito de material inflamável...

Ela balançou a cabeça.

– O resto aconteceu rapidamente. O fogo se espalhou para o passeio central, para os quiosques de comida e as jaulas dos animais. Os operários fugiram. Quando vieram nos avisar em casa, o Ruby Pier já estava em chamas. Da nossa janela dava para ver as imensas labaredas alaranjadas. Ouvimos o som das patas dos cavalos e das máquinas a vapor do Corpo de Bombeiros. Havia gente nas ruas. Eu implorei a Emile que não fosse lá, mas era inútil. É claro que ele iria. Ele se meteu no meio do incêndio, hipnotizado pela raiva e pelo medo, para tentar salvar seus anos de trabalho, e quando a entrada pegou fogo, a entrada com o meu nome e o meu retrato, perdeu completamente a noção de onde estava. Tentava apagar o fogo com baldes de água quando uma coluna caiu em cima dele.

Ela juntou os dedos e os levou aos lábios.

– Em uma única noite, nossa vida mudou para sempre. O audacioso Emile tinha feito um seguro irrisório para o parque. Perdeu toda a sua fortuna. O magnífico presente que ele me dera se fora. Desesperado, ele vendeu o terreno para um empresário da Pensilvânia por muito menos do que valia. O empresário manteve o nome, Ruby Pier, e tempos depois reabriu o parque. Mas não era mais o nosso parque. O espírito de Emile ficou tão quebrado quanto seu corpo. Ele levou três anos para voltar a andar sozinho. Nós nos mudamos para fora da cidade, um pequeno apartamento onde levamos a vida modestamente, eu cuidando de meu marido ferido enquanto remoía silenciosamente um único desejo.

Ela parou.

– Qual? – perguntou Eddie.

– O de que ele não tivesse jamais construído aquele lugar.

A velha senhora sentou-se, calada. Eddie contemplou o vasto céu verde-jade. Pensou em quantas vezes desejara a mesma coisa – que quem construíra o Ruby Pier tivesse feito outra coisa com o seu dinheiro.

– Sinto muito pelo seu marido – disse Eddie, principalmente por não saber que mais dizer.

A mulher sorriu.

– Obrigada, meu caro. Mas nós ainda vivemos muitos anos depois daquele incêndio. Tivemos três filhos. Emile sempre doente, entrando e saindo do hospital. Deixou-me viúva aos 50 anos. Você está vendo este rosto, estas rugas? – ela virou o rosto para cima. – Eu mereci cada uma delas.

Eddie franziu o cenho.

– Não compreendo. Nós já... nos encontramos? A senhora veio alguma vez ao píer?

– Não – ela disse. – Eu nunca mais quis ver o píer. Meus filhos iam lá, e os filhos deles, e os netos também. Mas eu não. Minha ideia de céu estava o mais longe possível do mar, estava nos meus dias de simplicidade, em que o restaurante vivia cheio e Emile me cortejava.

Eddie esfregou as têmporas. Sua respiração formava uma névoa.

– Então por que é que eu estou aqui? – ele perguntou. – Quero dizer, a sua história, o incêndio, tudo isso aconteceu antes de eu nascer.

– Coisas que aconteceram antes de você nascer ainda afetam sua vida – ela disse. – E pessoas que vieram antes de você o afetam também. Todos os dias vamos a lugares que nunca teriam existido se não fossem aqueles que vieram antes de nós. Costumamos muitas vezes achar que os lugares onde trabalhamos, onde passamos boa parte do nosso tempo, surgiram com a nossa chegada. Isso não é verdade.

Ela tamborilava com as pontas dos dedos.

– Se não fosse Emile, eu não teria casado. Se não fosse o nosso casamento, não haveria píer. Se não houvesse o píer, você não teria acabado indo trabalhar lá.

Eddie coçou a cabeça.

– Então a senhora veio aqui para me falar de trabalho?

– Não, meu caro – respondeu Ruby, amaciando a voz. – Eu vim aqui para lhe falar da morte do seu pai.

⁓

Era a mãe de Eddie ao telefone. O pai tivera um colapso naquela tarde, na extremidade leste do deque, perto do Foguetinho. Estava ardendo em febre.

– Eddie, eu estou com medo – disse sua mãe com a voz trêmula. E lhe falou da madrugada, naquela mesma semana, em que seu pai chegara em casa completamente encharcado. Com as roupas cheias de areia. E sem um pé de sapato. Disse que ele estava com cheiro de mar. Eddie apostou que cheirava a bebida também. – Ele estava tossindo – explicou sua mãe. – E agora piorou. Devíamos ter chamado um médico imediatamente... – Suas palavras não faziam sentido. Disse que ele saíra para trabalhar naquele dia, doente daquele jeito, com seu cinto de ferramentas e seu martelo-bola, como sempre, mas à noite não quis comer e na cama teve uma tosse danada, uma chiadeira no pulmão, e suou toda a camiseta. O dia seguinte foi pior. E agora, esta tarde, ele desabou. – O médico disse que é pneumonia. Ai, meu Deus, eu devia ter feito alguma coisa. Eu devia ter feito alguma coisa...

– E o que é que você devia ter feito? – perguntou Eddie. Ele ficou com raiva por ela assumir a responsabilidade. A culpa era da bebedeira do seu pai.

Pelo telefone, ele a ouviu chorar.

⁓

O pai de Eddie costumava dizer que passara tantos anos junto ao mar que respirava água salgada. Agora, longe desse mar, confinado numa cama de hospital, seu corpo começou a secar como um peixe encalhado na areia. Surgiram complicações. A congestão no peito piorou. Seu estado passou de estável a mau e de mau a grave. Os amigos trocaram a previsão "Ele vai voltar para casa em um dia" por "Ele vai voltar para casa em uma semana". Na ausência do pai, Eddie dava uma ajuda no píer, trabalhava à noite depois de largar o táxi, lubrificando os trilhos, verificando as lonas de freio, testando as alavancas e até consertando peças quebradas de brinquedos na oficina.

O que na verdade ele estava fazendo era proteger o emprego do pai. Os proprietários reconheceram o seu esforço pagando-lhe a metade do que o pai ganhava. Ele deu o dinheiro à mãe, que ia ao hospital todos os dias e dormia lá a maioria das noites. Eddie e Marguerite cuidavam do apartamento e compravam comida para ela.

Quando Eddie era adolescente, sempre que se queixava ou parecia entediado com o píer, seu pai fuzilava: "O quê? Isto aqui não é bom o suficiente para você?" Mais tarde, quando sugeriu que ele fosse trabalhar lá quando terminasse o ensino médio e Eddie quase riu, seu pai lhe disse outra vez: "O quê? Isto aqui não é bom o suficiente para você?" E quando, antes de ir para a guerra, Eddie falou em se casar com Marguerite e se tornar engenheiro, o pai disse: "O quê? Isto aqui não é bom o suficiente para você?"

E agora, apesar de tudo isso, ali estava ele, no píer, fazendo o trabalho do pai.

Até que uma noite, a pedido de sua mãe, Eddie foi ao hospital. Entrou no quarto devagar. O pai, que durante anos se recusara a falar com ele, agora não tinha forças nem para tentar. Olhou para o filho com as pálpebras pesadas. Tentando achar alguma frase para dizer, Eddie fez a única coisa que lhe ocorreu: ergueu as mãos e mostrou ao pai as pontas dos dedos sujas de graxa.

– Não esquenta, não, rapaz – diziam-lhe os demais trabalhadores da manutenção. – O seu pai vai sair dessa. Ele é o cara mais durão que a gente já viu.

༄

Os pais raramente libertam os filhos, os filhos é que se libertam dos pais. Se mudam. Vão embora. As forças que os definiam – a aprovação da mãe, o aceno de cabeça do pai – são compensadas pela força dos seus próprios talentos. É muito mais tarde, quando a pele fica flácida e o coração enfraquece, que os filhos compreendem: suas histórias, assim como todas as suas realizações, se assentam sobre as histórias e realizações de suas mães e de seus pais, pedra a pedra, sob as águas de suas vidas.

Quando recebeu a notícia de que seu pai morrera – "ele se foi", disse a enfermeira, como se ele tivesse saído para comprar leite –, Eddie sentiu a mais intensa das raivas vazias, daquele tipo que fica dando voltas na própria jaula. Como a maioria dos filhos de trabalhadores, Eddie imaginara para seu pai uma morte heroica que fizesse contraponto à mediocridade da sua vida. Não havia nada de heroico num coma alcoólico na praia.

No dia seguinte, ele foi ao apartamento dos pais, entrou no quarto deles e abriu todas as gavetas, como se dentro de alguma delas pudesse achar um pedaço do seu pai. Só encontrou moedas, um alfinete de gravata, uma garrafinha de conhaque, elásticos, contas de luz, canetas e um isqueiro com uma sereia gravada. Até que deu com um baralho. Colocou-o no bolso.

⁂

O enterro foi pequeno e rápido. A mãe de Eddie passou as semanas seguintes completamente fora do ar. Falava com o marido como se ele ainda estivesse ali. Gritava para ele abaixar o rádio. Preparava comida para ambos. Afofava os travesseiros dos dois lados da cama, apesar de só um deles ter sido usado durante a noite.

Uma noite, Eddie a viu empilhando pratos no aparador.

– Deixe-me ajudá-la – ele disse.

– Não precisa – respondeu a mãe. – O seu pai vai guardá-los.

Eddie pôs a mão no ombro dela.

– Mãe – ele disse. – Papai foi embora.

– Para onde?

No dia seguinte, Eddie procurou o gerente da empresa de táxis e disse-lhe que estava saindo do emprego. Duas semanas depois, ele e Marguerite se mudaram para o edifício onde Eddie crescera – avenida Beachwood, apartamento 6B –, onde os corredores eram estreitos e a janela da cozinha dava para o carrossel e onde Eddie aceitara um emprego que lhe permitiria ficar de olho na mãe, o posto para o qual fora treinado verão após verão: funcionário da manutenção do Ruby Pier. Eddie nunca disse isso – nem para sua mulher, nem para sua mãe, nem para ninguém –, mas amaldiçoou o pai por morrer deixando-o prisioneiro da vida da qual estava tentando escapar; uma vida que agora, como se ouvisse o pai rindo no túmulo, parecia ser boa o suficiente para ele.

Hoje é aniversário de Eddie

Eddie faz 37 anos. Seu café da manhã está esfriando.
– Você está vendo o sal por aí? – Eddie pergunta a Noel.
Com a boca cheia de salsicha, Noel sai do cubículo, inclina-se sobre outra mesa e pega um saleiro.
– Tome aqui – ele murmura. – Feliz aniversário.
Eddie sacode o saleiro com força.
– Por que será que é tão difícil deixarem o sal em cima da mesa?
– Você é o gerente, por acaso? – diz Noel.
Eddie dá de ombros. A manhã já está quente e carregada de umidade. Esta é a rotina deles: tomar café da manhã uma vez por semana, no sábado de manhã, antes de o parque lotar. Noel tem um negócio de lavagem a seco. Eddie o ajudou a conseguir o contrato da limpeza dos uniformes de manutenção do Ruby Pier.
– O que você acha desse boa-pinta aqui? – quer saber Noel. E mostra um exemplar da revista Life *aberta na página em que aparece a foto de um jovem candidato. – Como é possível esse cara se candidatar a presidente? Ele é um garoto!*
Eddie dá de ombros.
– Tem mais ou menos a nossa idade.
– Tá brincando? – diz Noel. Ergue uma sobrancelha. – Eu pensava que precisava ser mais velho para ser presidente.
– Nós somos mais velhos – Eddie murmura.
Noel fecha a revista. Baixa a voz.
– Ei. Você viu o que aconteceu em Brighton?

Eddie sinaliza que sim. Beberica o seu café. Ouvira falar. Um parque de diversões. Uma gôndola. Alguma coisa quebrou. Uma mulher e seu filho caíram de uma altura de 20 metros e morreram.
– Você conhece alguém lá? – pergunta Noel.
Eddie morde a língua. Volta e meia ele escuta histórias de acidentes num parque de diversões, e cada vez tem um estremecimento, como se um marimbondo tivesse passado no seu ouvido. Não há um único dia em que ele não se inquiete com o risco de acontecer uma coisa assim no Ruby Pier, sob sua responsabilidade.
– Hum-hum – ele diz. – Não conheço ninguém em Brighton.
Fica olhando pela janela e vê surgir um grupo de banhistas na estação de trem. Trazem toalhas, barracas e cestas de vime com sanduíches embrulhados em papel. Alguns carregam uma novidade: cadeiras dobráveis, de alumínio leve.
Passa um velho com um chapéu-panamá, fumando um charuto.
– Olha só esse sujeito – diz Eddie. – Aposto com você que ele vai jogar o charuto no deque.
– Vai? – diz Noel. – E daí?
– E daí o charuto cai na fresta e começa a queimar. Dá para sentir o cheiro. É o cheiro da substância química que colocam na madeira. Começa a sair fumaça imediatamente. Ontem eu peguei um menino, que não podia ter mais do que 4 anos, a ponto de colocar uma guimba de charuto na boca.
Noel faz uma careta.
– E daí?
Eddie dá de ombros.
– E daí nada. As pessoas deviam ter mais cuidado, só isso.
Noel põe uma garfada de salsicha na boca.

– Você é sempre engraçado assim no seu aniversário, Eddie?

Eddie não responde. A antiga escuridão tomou assento ao seu lado. Já acostumado com ela, ele lhe abre espaço da mesma forma que a gente abre espaço para um trabalhador a mais num ônibus lotado. Pensa nas tarefas de manutenção que tem para hoje. Um espelho quebrado na Casa Maluca. Para-lamas novos nos carrinhos bate-bate. Cola, ele precisa se lembrar de encomendar mais cola. Pensa naquelas pobres vítimas em Brighton. E se pergunta quem era o responsável lá.

– A que horas você larga hoje? – pergunta Noel.

Eddie suspira.

– Hoje vai ser fogo. Verão. Sábado. Sabe como é.

Noel ergue uma sobrancelha.

– A gente pode ir às corridas lá pelas seis.

Eddie pensa em Marguerite. Sempre pensa em Marguerite quando Noel menciona as corridas de cavalos.

– Vamos lá. Hoje é seu aniversário – diz Noel.

Eddie espeta o garfo nos ovos fritos em seu prato, tão frios a essa altura que já nem merecem ser comidos.

– Está bem – diz ele.

A terceira lição

– O píer era tão ruim assim? – perguntou a velha senhora.
– Não foi escolha minha – disse Eddie, suspirando. – Minha mãe precisava de ajuda. Uma coisa levou à outra. Os anos se passaram. E eu fui ficando. Nunca morei em outro lugar. Não cheguei a ganhar dinheiro de verdade. Sabe como é... Você se acostuma com uma coisa, as pessoas confiam em você, e um dia você acorda e não sabe mais se é quarta ou quinta-feira. Continua fazendo o mesmo trabalho chato, você é o "cara da voltinha", exatamente como...
– Seu pai?
Eddie não disse nada.
– Ele foi duro com você – disse a mulher.
Eddie baixou os olhos.
– Foi, sim. Por quê?
– Talvez você tenha sido duro com ele também.
– Tenho minhas dúvidas. Você sabe quando foi a última vez que ele falou comigo?
– A última vez que ele tentou bater em você.
Eddie olhou para ela.
– E sabe qual foi a última coisa que ele me disse? "Vai arranjar emprego." Que pai, hein?
A velha mulher comprimiu os lábios.
– Depois você começou a trabalhar. Você se levantou.

Eddie sentiu uma onda de raiva.

– Olhe aqui – ele disparou. – Você não conheceu o sujeito.

– É verdade. – Ela se levantou. – Mas sei de uma coisa que você não sabe. E está na hora de lhe mostrar.

⁓

Com a ponta da sombrinha, Ruby traçou um círculo na neve. Ao olhar dentro do círculo, Eddie teve a sensação de que seus olhos saíam de suas órbitas e viajavam por conta própria, para dentro de um túnel, em um outro tempo. Aos poucos, as imagens foram ficando mais nítidas. Acontecera muitos anos antes, no antigo apartamento. Ele via ao mesmo tempo frente e fundos, em cima e embaixo.

E o que ele viu foi o seguinte:

Viu sua mãe sentada à mesa da cozinha, com um ar preocupado. Viu Mickey Shea sentado em frente a ela. Mickey tinha um péssimo aspecto. Todo encharcado, esfregava as mãos na testa e no nariz. E começou a soluçar. A mãe de Eddie lhe trouxe um copo d'água. Fez um gesto para ele esperar, foi até o quarto e fechou a porta. Tirou os sapatos e seu vestido caseiro. E foi buscar uma blusa e uma saia.

Eddie conseguia ver todos os quartos, mas não escutava o que os dois diziam, apenas um som indistinto. Viu Mickey na cozinha, desinteressado do copo d'água, tirar um frasco do bolso do paletó e beber um trago. Viu-o se levantar lentamente e entrar cambaleando no quarto.

Eddie viu sua mãe semivestida virar-se, espantada. Mickey cambaleava à sua frente. Ela se cobriu com um robe. Mickey chegou mais perto. Ela estendeu a mão instintivamente para detê-lo. Depois de um instante de hesitação, Mickey segurou a mão dela, agarrou-a e encostou-a na parede, inclinando-se sobre ela com as mãos em sua cintura. Ainda agarrada ao robe, a mãe de Eddie se contorcia, gritava e empurrava o peito de Mickey. Muito maior e mais forte, ele enterrou sua cara barbada no pescoço dela, lambuzando-o com suas lágrimas.

De repente, a porta da frente se abriu e apareceu o pai de Eddie, molhado de chuva, com um martelo-bola pendurado no cinto. Entrou correndo no quarto e viu Mickey Shea agarrando sua esposa. O pai de Eddie gritou. Ergueu o martelo. Mickey pôs as mãos na cabeça e arremeteu para a porta, esbarrando no pai de Eddie. Com o peito arfando e o rosto banhado em lágrimas, a mãe de Eddie chorava. O marido agarrou-a pelos ombros. Sacudiu-a violentamente. Seu robe caiu no chão. Ambos gritavam. Então o pai de Eddie saiu do apartamento, estraçalhando uma luminária com o martelo. Desceu a escada aos trancos e saiu para a noite chuvosa.

∽

– O que foi aquilo? – Eddie gritou, sem acreditar no que via.
– Que diabo foi AQUILO?
A velha senhora não disse nada. Deu um passo para o lado e desenhou outro círculo na neve. Eddie tentou não olhar. Mas não pôde evitar. Estava caindo de novo, tornando-se espectador de outra cena.

E foi isto que ele viu:

Viu um temporal no ponto mais extremo do Ruby Pier – a "ponta norte", eles o chamavam –, um estreito cais que avançava longe no oceano. O céu estava preto-azulado. Caíam rajadas de chuva. Mickey Shea vinha cambaleando em direção à ponta do cais. Caiu no chão, arquejante. Ficou ali deitado algum tempo, com a cara voltada para o céu escuro, depois virou de lado, embaixo da balaustrada de madeira. E se deixou cair no mar.

O pai de Eddie apareceu minutos depois, movendo-se de um lado para outro, com o martelo na mão. Agarrou-se à balaustrada para examinar a água. Empurrada pelo vento, a chuva batia de lado, encharcando-lhe as roupas e o couro já enegrecido do seu cinto de ferramentas. Ao ver alguma coisa nas ondas, parou, tirou o cinto, tirou um sapato, tentou tirar o outro, desistiu, agachou-se sob a balaustrada e saltou, estatelando-se desajeitadamente na água.

Mickey subia e descia no mar encrespado, semiconsciente. De sua boca saía uma espuma amarela. O pai de Eddie nadou até ele, gritando ao vento. Agarrou Mickey. Mickey se esquivou. O pai de Eddie o agarrou outra vez. A água da chuva os açoitava enquanto o céu era sacudido pelo barulho dos trovões. Eles se agarravam e agitavam os braços no mar revolto.

Mickey tossia muito enquanto o pai de Eddie tentava pegá-lo pelo braço e fazê-lo agarrar-se ao seu ombro. Então o pai de Eddie submergiu e voltou à tona com o corpo de Mickey apoiado no seu. Tentou nadar em direção à praia. Bateu os pés. Os dois homens se moveram para a frente. Uma onda os arrastou para trás. Depois para a frente outra vez. Sob os golpes das ondas que se quebravam, o pai de Eddie continuava segurando Mickey pelas axilas, movendo as pernas, abrindo e fechando os olhos furiosamente para tentar enxergar alguma coisa.

Pegaram a crista de uma onda e fizeram um súbito progresso em direção à praia. Mickey gemia e arfava. O pai de Eddie cuspia água do mar. Aquilo parecia não ter fim, a chuva caindo, a espuma branca batendo em seus rostos, os dois grunhindo e se debatendo. Finalmente, uma onda grande e encrespada os levantou e os atirou na areia. O pai de Eddie saiu debaixo de Mickey e conseguiu puxá-lo pelos braços para impedir que fosse levado pela arrebentação. Quando a onda recuou, ele arrastou Mickey com um último esforço e caiu na praia, com a boca aberta, cheia de areia molhada.

⁓

A visão de Eddie retornou ao seu próprio corpo. Sentiu-se exausto e sem forças, como se ele próprio tivesse estado se debatendo no mar. Sua cabeça pesava. Tudo o que ele achava que sabia sobre o pai parecia não saber mais.

– O que é que ele estava fazendo? – sussurrou Eddie.

– Salvando um amigo – disse Ruby.

Eddie olhou para ela, irritado.

– Amigo? Se eu soubesse o que ele tinha feito, teria deixado afundar aquela carcaça bêbada.

– O seu pai pensou a mesma coisa – disse a velha senhora. – Ele foi atrás de Mickey para dar-lhe uma surra, talvez até matá-lo. Mas na hora não foi capaz. Ele sabia quem era Mickey. Conhecia seus defeitos. Sabia que ele bebia. Sabia que ele não era muito bom do juízo. Mas muitos anos antes, quando seu pai procurava trabalho, foi Mickey quem intercedeu por ele junto ao proprietário do píer. E, quando você nasceu, foi Mickey quem emprestou aos seus pais o pouco dinheiro que tinha para ajudar a sustentar essa boca a mais. O seu pai levava a sério as velhas amizades...

– Um momento, minha senhora – disparou Eddie. – A senhora viu o que esse desgraçado estava fazendo com minha mãe?

– Vi – disse a mulher, com tristeza. – Foi muito errado. Mas as coisas nem sempre são o que parecem. Mickey fora despedido naquela tarde. Tinha dormido novamente durante o seu turno, por causa da bebida, e os patrões lhe disseram que não dava mais para continuar. Ele lidou com aquela notícia como lidava com todas as más notícias, bebendo mais ainda, e estava encharcado de uísque quando foi procurar a sua mãe. Ele foi implorar ajuda. Queria o emprego de volta. Seu pai ainda estava no trabalho. Sua mãe pretendia sair com Mickey para procurar seu pai. Mickey era bruto, mas não era mau. Naquele momento ele estava perdido, totalmente à deriva, e o que fez foi um ato de solidão e desespero. Agiu por impulso. Um impulso ruim. O seu pai agiu por impulso também, primeiro o de querer matar, depois o de salvar a vida de um homem.

Ela cruzou as mãos sobre o cabo da sombrinha.

– E foi assim que ele adoeceu, é claro. Ficou horas deitado na praia, encharcado e exausto, antes de juntar forças para se arrastar até sua casa. O seu pai já não era jovem. Estava na casa dos 50.

– Cinquenta e seis – disse Eddie, indiferente.

– Cinquenta e seis – repetiu a mulher. – Seu corpo estava enfraquecido, o mar o deixara vulnerável. Então a pneumonia tomou conta dele e pouco depois ele morreu.

– Por causa de Mickey – Eddie disse.

– Por causa da lealdade – ela disse.

– Ninguém morre por lealdade.

– Não? – ela sorriu. – Religião? Governo? Acaso nós não somos leais a essas coisas, às vezes a ponto de morrer por elas?

Eddie deu de ombros.

– É melhor – disse ela – sermos leais uns com os outros.

Os dois permaneceram ainda um longo tempo no vale nevado da montanha. Pelo menos a Eddie pareceu um longo tempo. Ele não estava seguro de quanto tempo as coisas duravam agora.

– O que aconteceu com Mickey Shea? – perguntou Eddie.
– Morreu solitário alguns anos depois – disse a velha senhora.
– Bebeu até o dia do próprio enterro. Ele nunca se perdoou pelo que aconteceu.
– Mas o meu pai – disse Eddie, esfregando a testa –, ele nunca disse nada.
– Ele nunca falou sobre o que aconteceu naquela noite, nem com sua mãe nem com ninguém. Sentia-se envergonhado por ela, por Mickey e por si mesmo. No hospital, ele parou de falar totalmente. O silêncio foi a sua saída, mas o silêncio raramente serve de refúgio. Seus pensamentos ainda o perseguiam. Uma noite, sua respiração ficou mais lenta, seus olhos se fecharam e ele não acordou mais. Os médicos disseram que tinha entrado em coma.

Eddie se lembrava daquela noite. Outro telefonema para o senhor Nathanson. Outra batida na porta.

– Depois disso, sua mãe não saiu mais do lado da cama. Dias e noites. Ficou ali sozinha, se lamentando baixinho, como se estivesse rezando: "Eu devia ter feito alguma coisa. Eu devia ter feito alguma coisa..." Até que uma noite, por sugestão dos médicos, ela foi para casa dormir. De manhã bem cedo, uma enfermeira encontrou seu pai com metade do corpo caído para fora da janela.

– Espere aí – disse Eddie, comprimindo os olhos. – Na janela?

Ruby confirmou com um gesto.

– A certa hora, durante a noite, seu pai despertou. Levantou-se da cama aos trancos e barrancos, atravessou o quarto e arranjou forças para levantar a vidraça da janela. Chamou por sua mãe com o pouco de voz que lhe restava, chamou por você e pelo seu irmão, Joe, também. E chamou por Mickey. Nesse momento, ao que parece, o seu coração estava botando para fora toda a culpa e o arrependimento. Talvez estivesse vendo a luz da morte se aproximar. Talvez apenas achasse que vocês estavam todos lá fora, em algum lugar, quem sabe na rua, embaixo da janela. Ele se debruçou na borda. A noite estava fria. No estado em que seu pai estava, o vento e a umidade foram fatais. Antes do amanhecer, ele estava morto. As enfermeiras o encontraram e o arrastaram de volta para a cama. Por medo de perder o emprego, elas não disseram nem uma palavra sobre o que tinha acontecido. A versão que ficou foi a de que ele morreu durante o sono.

Eddie caiu para trás, atônito, pensando nessa última cena. Seu pai, o velho de guerra durão, tentando fugir escalando uma janela. Aonde ele queria ir? O que estava pensando? O que seria pior para ele: não ter explicação para sua vida ou para sua morte?

෴

– Como é que você sabe de tudo isso? – Eddie perguntou a Ruby.

Ela suspirou.

– O seu pai não tinha dinheiro para pagar um quarto só para ele no hospital. O homem que estava do outro lado da cortina também não.

Ela fez uma pausa.

– Emile. Meu marido.

Eddie ergueu os olhos. Moveu a cabeça para trás como se tivesse acabado de resolver um intrincado quebra-cabeça.

– Então a senhora viu o meu pai.

– Sim.

– E minha mãe.

– Eu ouvi os lamentos dela naquelas noites solitárias. Mas

nunca nos falamos. Depois da morte do seu pai, procurei saber a respeito da sua família. Quando descobri onde seu pai trabalhava, senti uma dor lancinante, como se eu mesma tivesse perdido um ente querido. O píer que levava o meu nome. Pude sentir a sua sombra maldita e uma vez mais desejei que ele jamais tivesse sido construído. Esse desejo veio comigo até o céu e ficou comigo enquanto eu esperava por você.

Eddie pareceu confuso.

– O restaurante? – ela disse. E apontou para o ponto de luz nas montanhas. – Ele está lá porque foi meu desejo retornar aos anos da minha juventude, à minha vida simples e segura. E eu quis que todos os que um dia sofreram no Ruby Pier, nos acidentes, nos incêndios, nas brigas, nos escorregões e nas quedas, estivessem sãos e salvos. Desejei para eles o mesmo que desejei para o meu Emile, que estivessem aquecidos, bem alimentados, no conforto de um lugar agradável, bem longe do mar.

Ruby se levantou, e Eddie também. Ele não conseguia parar de pensar na morte do pai.

– Eu o odiava – murmurou.

A velha senhora assentiu com a cabeça.

– Ele foi um demônio para mim quando eu era criança. E pior ainda quando fiquei mais velho.

Ruby deu um passo na direção dele.

– Edward – ela disse, com uma voz suave. Era a primeira vez que o chamava pelo primeiro nome. – Deixe eu lhe ensinar uma coisa. Guardar a raiva é envenenar-se. Ela nos consome por dentro. A gente costuma pensar que o ódio é uma arma contra a pessoa que nos fez mal. Mas a lâmina do ódio é curva. E o mal que fazemos com ele, nós fazemos a nós mesmos. Perdoe seu pai, Edward. Perdoe. Você se lembra da leveza que sentiu ao chegar ao céu?

Eddie se lembrava. "Onde está a minha dor?"

– Isso acontece porque ninguém nasce com raiva. E, quando morremos, a alma fica livre dela. Mas agora, para seguir adiante neste lugar, você precisa entender por que sentiu o que sentiu e por que não precisa continuar sentindo.
Ela tocou na mão de Eddie.
– Você precisa perdoar seu pai.

Eddie pensou nos anos que se seguiram à morte do pai. No fato de não ter realizado nada, de não ter ido a lugar nenhum. Passou todo aquele tempo imaginando a vida – uma vida que poderia-ter-sido – que teria sido a sua se não tivessem ocorrido a morte do pai e o colapso de sua mãe. Durante anos ele idealizou essa vida imaginária, acusando seu pai de ter sido responsável por todas as suas perdas: a perda da liberdade, a perda da carreira, a perda da esperança. Eddie nunca ultrapassou o trabalho sujo e maçante que seu pai deixou para trás.
– Meu pai morreu – disse Eddie – levando consigo uma parte de mim. Depois disso, eu empaquei.
Ruby balançou a cabeça.
– Não foi por causa do seu pai que você nunca saiu do píer.
Eddie ergueu os olhos.
– Então foi por quê?
Ruby alisou a saia. Ajustou os óculos. Começou a se afastar.
– Você ainda tem duas pessoas para encontrar – ela disse.
Eddie tentou dizer "Espere", mas um vento frio quase arrancou a voz da sua garganta. Aí ficou tudo negro.

Ruby fora embora. Eddie estava de volta ao alto da montanha, em pé na neve, do lado de fora do restaurante.

Ficou lá um longo tempo, sozinho no silêncio, até perceber que a velha senhora não iria voltar. Virou-se então para a porta e a abriu lentamente. Ouviu ruídos de talheres e de pratos sendo empilhados. Sentiu um cheiro de comida recém-saída do fogo – pão, carnes, molhos. Os espíritos das pessoas que pereceram no píer estavam todos por perto, entretidos uns com os outros, comendo, bebendo e falando.

Eddie entrou coxeando, consciente do que viera fazer ali. Virou à direita, para o cubículo do canto, onde o fantasma do seu pai fumava um charuto. Sentiu um calafrio. Pensou no pai pendurado na janela do hospital, morrendo sozinho no meio da noite.

– Pai? – Eddie sussurrou.

O seu pai não podia ouvi-lo. Eddie chegou mais perto.

– Pai. Eu já sei de tudo o que aconteceu.

Sentiu o peito sufocar. Caiu de joelhos ao lado do cubículo. Seu pai estava tão próximo que Eddie pôde ver os fios da barba e a ponta rasgada do charuto. Observou as papadas embaixo dos seus olhos cansados, o nariz curvado, as juntas dos dedos salientes e seus ombros robustos de trabalhador. Olhou para os próprios braços e percebeu, em seu corpo terreno, que era agora mais velho do que seu pai. Sobrevivera a ele de todas as formas.

– Eu estava com raiva de você, pai. Eu odiava você.

Eddie sentiu as lágrimas brotarem. E um tremor no peito. Alguma coisa nele estava sendo descarregada.

– Você me batia. Você me enxotava para fora. Eu não compreendia. Ainda não compreendo. Por que você fazia isso? Por quê? – Eddie tomava longos e dolorosos fôlegos. – Eu não sabia, está certo? Eu não sabia nada da sua vida, de tudo o que aconteceu. Eu não conhecia você. Mas você é o meu pai. Eu vou deixar isso tudo pra lá, está bem? Está bem? Vamos deixar isso tudo pra lá?

A voz trêmula de Eddie foi adquirindo um tom agudo e lastimoso, não era mais a sua voz.

– ESTÁ BEM? VOCÊ ESTÁ ME OUVINDO? – ele berrava. Depois, mais suavemente: – Você está me ouvindo?

Inclinou-se para chegar mais perto. Viu as mãos sujas do pai. Num sussurro, disse as suas familiares palavras finais.

– Está consertado.

Eddie deu um soco na mesa e desabou no chão. Quando ergueu os olhos, viu Ruby em pé na sua frente, jovem e bela. Com um breve aceno de cabeça, ela abriu a porta e ascendeu ao céu verde-jade.

QUINTA-FEIRA, 11 DA MANHÃ

Quem iria pagar o enterro de Eddie? Ele não tinha parentes. Não deixara instruções. Seu corpo ficou no necrotério da cidade, assim como suas roupas e seus objetos pessoais, seu uniforme de trabalho, suas meias e seus sapatos, seu boné de pano, seu anel de casamento, seus cigarros e limpadores de cachimbo, todos à espera de que alguém os reclamasse.

Até que o senhor Bullock, o proprietário do parque, pagou a despesa com o dinheiro do salário que Eddie não podia mais receber. O caixão era de madeira barata. A igreja foi escolhida pela localização – a mais próxima do píer –, já que a maioria dos presentes tinha de voltar ao trabalho.

Minutos antes de encomendar o corpo, o pastor pediu a Dominguez, que vestia um casaco esporte azul-marinho e sua melhor calça jeans, que entrasse um momento em seu escritório.

– O senhor poderia me dizer alguma coisa sobre as qualidades do falecido? – pediu o pastor. – Me disseram que o senhor trabalhava com ele.

Dominguez engoliu em seco. Não se sentia nem um pouco confortável na presença de ministros da igreja. Curvou os dedos, compenetrado, como que refletindo a respeito da pergunta, e falou tão suavemente quanto achava que devia falar em tal situação.

– O Eddie – disse finalmente – amava muito sua esposa.

Abriu as mãos e acrescentou rapidamente:

– Eu não a conheci, é claro.

A quarta pessoa que Eddie encontra no céu

Eddie pestanejou e se viu numa pequena sala redonda. As montanhas tinham desaparecido e o céu verde-jade também. O teto de estuque era tão baixo que sua cabeça quase batia nele. A sala era marrom – um marrom ordinário como o de papel de pão – e vazia, exceto por um banquinho de madeira e um espelho oval na parede.

Eddie ficou na frente do espelho. Não viu nenhum reflexo, só o reverso da sala, que se expandiu de repente para incluir uma fileira de portas. Eddie se virou.

E tossiu.

O som lhe causou um sobressalto, como se viesse de outra pessoa. Tossiu de novo, uma tosse forte e ruidosa, como se coisas precisassem ser rearrumadas dentro do seu peito.

"Quando foi que isso começou?", pensou Eddie. Tocou a própria pele, que envelhecera desde o momento em que estivera com Ruby. Parecia mais fina agora, e mais seca. Seu abdome, que durante o tempo com o capitão parecia firme como borracha esticada, estava frouxo e mole, a flacidez da velhice.

Você ainda tem duas pessoas para encontrar, Ruby tinha dito. E depois? As costas lhe doíam. Sua perna defeituosa estava ficando mais rígida. Ele percebia o que se passava em cada novo estágio do céu. Seu corpo degenerava.

Aproximou-se de uma das portas e a abriu. E encontrou-se de repente ao ar livre, no jardim de uma casa que nunca vira, num país que não reconhecia, no meio do que parecia ser uma recepção de casamento. Convidados se serviam em baixelas de prata em toda a extensão do gramado. Numa das extremidades havia um arco coberto de flores vermelhas e ramos de bétula, e na outra, ao seu lado, a porta pela qual havia entrado. No meio do grupo, a noiva, jovem e bela, tirava um prendedor de seu cabelo louro. O noivo, muito magro, vestia um fraque negro, trazia uma espada, e no punho da espada, uma aliança. Abaixou-a na frente da noiva, e os convidados aplaudiram quando ela a pegou. Eddie podia ouvir suas vozes, mas era uma língua estrangeira. Alemão? Sueco?

Tossiu novamente. As pessoas olharam para ele. Todas pareciam sorrir, e os sorrisos assustaram Eddie. Saiu rapidamente através da porta pela qual entrara, imaginando retornar à sala redonda. Em vez disso, encontrou-se no meio de outro casamento, dessa vez a portas fechadas, um grande salão onde os convidados pareciam espanhóis e a noiva usava flores alaranjadas no cabelo. Ela ia passando de um parceiro de dança ao seguinte, e cada um dos convidados lhe entregava um pequeno saco de moedas.

Eddie tossiu de novo – não podia evitá-lo – e, quando os convidados olharam, saiu pela porta e se viu em meio a outra cerimônia em que as famílias derramavam vinho no chão e os noivos se davam as mãos e saltavam sobre uma vassoura. Eddie achou que se tratava de um casamento africano. Passou pela porta outra vez e caiu numa recepção chinesa em que se soltavam bombinhas no meio dos alegres convivas. Depois foi parar numa recepção – francesa, quem sabe? – em que os noivos bebiam juntos em uma taça de duas alças.

"Quanto tempo será que isto vai durar?", pensou Eddie. Em nenhuma recepção havia qualquer sinal de como as pessoas tinham chegado ali – carros, carroças, cavalos, nada. Ir embora não parecia constituir problema. Os convidados circulavam, e Eddie era considerado apenas um a mais, para quem todos sorriam mas nunca dirigiam a palavra, tudo muito parecido com o punhado de casamentos a que comparecera na Terra. Ele preferia assim. Em sua mente havia nos casamentos demasiados momentos constrangedores, como quando os casais eram convidados a participar da dança ou a ajudar a levantar a noiva na cadeira. Sua perna defeituosa parecia queimar nesses momentos e ele tinha a sensação de que as pessoas o observavam do outro lado do salão.

Por causa disso, Eddie evitava a maioria das recepções e, quando ia, preferia ficar no estacionamento fumando um cigarro, esperando o tempo passar. De qualquer forma, ele passara um longo período sem ter nenhum casamento para ir. Só nos últimos anos da sua vida, quando os garotos que trabalhavam no píer cresceram e se casaram, foi que ele se viu tirando do armário seu terno desbotado e vestindo a camisa de colarinho que beliscava seu pescoço reforçado. A essa altura, os ossos da sua perna fraturada na guerra já estavam deformados e cheios de esporões. A artrite tomara conta do seu joelho. Sua deficiência o dispensava, portanto, de todos os momentos de participação, como danças e parabéns. Era considerado "um velho", solitário, desgarrado, de quem só se esperava que sorrisse quando o fotógrafo vinha até a mesa.

Aqui, agora, vestido com sua roupa de trabalho, ele ia passando de um casamento a outro, de uma recepção à seguinte, de uma língua, um bolo e um tipo de música a outra língua, outro bolo e outro tipo de música. A uniformidade não o surpreendia. Ele sempre achara que um casamento não era muito diferente de outro. O que não entendia era o que isso tinha a ver com ele.

Cruzou uma vez mais a soleira da porta e se viu no que parecia ser um povoado italiano. Havia vinhedos nas encostas e casas de fazenda feitas de pedra. Os homens tinham cabelos negros, espessos e brilhantes, penteados para trás, e as mulheres, olhos escuros e feições marcantes. Depois de achar seu lugar junto a uma parede, Eddie ficou observando os noivos cortarem ao meio um cepo de madeira com um serrote de duas alças. A música começou – flautas, violinos, violões – e os convidados começaram a dançar a tarantela, rodopiando num ritmo frenético. Eddie deu alguns passos para trás. Seus olhos vaguearam pela orla do grupo.

Uma dama de honra com um vestido longo cor de alfazema e um chapéu de palha bordado circulava entre os convidados com uma cesta de amêndoas carameladas. À distância, parecia ter pouco mais de 20 anos.

– Per l'amaro e il dolce? – ela dizia, oferecendo os doces. – Per l'amaro e il dolce?... Per l'amaro e il dolce?...

Ao ouvir aquela voz, o corpo de Eddie estremeceu. Começou a suar. Alguma coisa lhe disse para correr, outra manteve seus pés agarrados ao chão. Ela veio em sua direção. Seus olhos o encontraram por debaixo da aba do chapéu, arrematada com flores artificiais.

– Per l'amaro e il dolce? – ela disse, sorrindo, oferecendo-lhe as amêndoas. – Para o amargo e o doce?

O cabelo negro da jovem caiu-lhe sobre um dos olhos fazendo o coração de Eddie quase explodir. Seus lábios levaram um momento para se abrir, e o som no fundo de sua garganta levou um momento para subir, mas chegaram juntos à primeira letra

do único nome que jamais o fizera se sentir daquele jeito. Caiu de joelhos.
— Marguerite... — ele sussurrou.
— Para o amargo e o doce — ela disse.

Hoje é aniversário de Eddie

Eddie e seu irmão estão na oficina.

– Este – diz Joe, com orgulho, segurando uma furadeira – é o modelo mais novo.

Joe veste um paletó esporte xadrez e sapatos preto e branco pespontados. Eddie acha o irmão demasiado extravagante – e extravagante significa falso –, mas Joe agora trabalha como vendedor de uma empresa de máquinas e equipamentos. Como é que Eddie, que veste a mesma roupa há anos, entende do assunto?

– Sim, senhor – diz Joe. – E veja esta aqui. Ela funciona com esta pilha.

Eddie segura a pilha entre os dedos, uma coisinha de nada chamada níquel-cádmio. Difícil de acreditar.

– Ponha para funcionar – diz Joe, entregando-lhe a furadeira.

Eddie aperta o botão. Ouve-se um ruído tremendo.

– Fantástico, hein? – grita Joe.

Naquela manhã, Joe contara a Eddie qual era seu novo salário. Três vezes maior que o dele. Depois Joe tinha dado parabéns a Eddie por sua promoção: chefe de manutenção do Ruby Pier, o antigo posto de seu pai. Eddie teve vontade de dizer: "Se você acha tão bom, por que não troca comigo?" Mas não disse. Eddie nunca dizia nada que sentia lá no fundo.

– Olá? Tem alguém aí?

Marguerite está à porta, segurando um rolo de tíquetes alaranjados. Os olhos de Eddie se dirigem, como sempre, para o rosto dela, para sua pele morena e seus olhos da cor de café. Ela conseguira um emprego de bilheteira naquele verão, por isso veste o uniforme oficial do Ruby Pier: blusa branca, colete vermelho, calça preta, boina vermelha e seu nome numa plaquinha presa abaixo da clavícula. Essa visão deixa Eddie aborrecido – especialmente na frente do seu irmão importante.

– Mostre a furadeira a ela – diz Joe. Ele se vira para Marguerite. – Funciona a pilha.

Eddie aperta o botão. Marguerite põe as mãos nos ouvidos.

– Ronca mais alto do que você – diz ela.

– Ah! Ah! Ah! – grita Joe, às gargalhadas. – Ah! Ah! Ah! Ela te pegou!

Eddie baixa os olhos, envergonhado, e vê sua mulher sorrindo.

– Você pode vir aqui fora um minuto? – ela diz.

Eddie balança a furadeira.

– Estou trabalhando agora.

– Só um minutinho!

Eddie se levanta devagar e a acompanha para fora da oficina. O sol bate no seu rosto.

– FE-LIZ A-NI-VER-SÁ-RI-O, SENHOR EDDIE! – berra em uníssono um grupo de crianças.

– Ora, vejam só! – diz Eddie.

Marguerite grita:

– Muito bem, crianças, agora ponham as velas no bolo!

As crianças correm até um bolo de baunilha colocado em cima de uma mesa dobrável. Marguerite chega perto de Eddie e sussurra:

– Prometi a elas que você vai apagar todas de uma só vez.

Eddie resfolega. Observa sua mulher organizar o grupo. Como sempre acontece com Marguerite e as crianças, ele fica feliz com a facilidade que ela tem de agradá-las, e triste com a dificuldade de gestá-las. Um médico diagnosticou problema de nervos. Outro disse que ela esperara demais, devia ter tido filhos na faixa dos 25 anos. Depois, eles ficaram sem dinheiro para médicos. As coisas eram como eram.

Já faz quase um ano que ela vem falando em adotar uma criança. Esteve na biblioteca. Trouxe jornais para casa. Eddie disse que eles eram velhos demais. Ela questionou:

– O que é ser velho demais para ter um filho?

Eddie disse que ia pensar no assunto.

– Está bem – ela agora grita da mesa do bolo. – Venha, senhor Eddie! Apague as velinhas. Ah, espere, espere... – Ela vasculha uma bolsa e tira uma máquina fotográfica, uma engenhoca complicada com varetas, linguetas e uma lâmpada de flash redonda. – Charlene me emprestou. É uma Polaroid.

Marguerite prepara-se para a fotografia, Eddie na frente do bolo e as crianças se apertando em volta dele, admirando as 38 velinhas. Um menino cutuca Eddie e diz:

– Tem que apagar todas elas, está bem?

Eddie olha para baixo. O glacê está todo mexido, cheio de impressões digitais.

– Vou apagar – diz Eddie, mas está olhando para a sua mulher.

Eddie ficou olhando para a jovem Marguerite.
– Não é você – disse ele.
Ela baixou a cesta de amêndoas carameladas. Os convidados dançavam a tarantela enquanto o sol se escondia atrás de uma faixa de nuvens brancas.
– Não é você – disse Eddie outra vez.
Os dançarinos gritavam "Huuheyy!" e tocavam tamborins. Ela lhe estendeu a mão. Eddie a pegou depressa, instintivamente, como quem agarra um objeto que cai. Seus dedos se encontraram, uma sensação que ele nunca tivera, como se uma carne nova, macia e quente estivesse se formando sobre sua própria carne. Ela se ajoelhou ao seu lado.
– Não é você – disse ele.
– Sim, sou eu – ela sussurrou.
"Huuheyy!"
– Não é você, não é você, não é você – Eddie murmurava. Deixou cair a cabeça nos ombros dela e, pela primeira vez desde a sua morte, começou a chorar.

O casamento deles aconteceu numa noite de Natal, no segundo andar de um restaurante chinês fracamente iluminado chamado Sammy Hong's. Sammy, o proprietário, concordara em alugá-lo para aquela noite, na certeza de que teria poucos fregueses. Eddie pegou todo o dinheiro que lhe sobrara do serviço militar e o gastou na recepção – frango assado com vegetais chineses, vinho do Porto e um tocador de acordeão. As cadeiras da cerimônia eram necessárias para o jantar, de modo que, enquanto se faziam os votos, os garçons pediram aos convidados que se levantassem e levassem as cadeiras para junto das mesas, no andar de baixo. O tocador de acordeão se sentou num banquinho. Anos mais tarde, Marguerite costumava brincar dizendo que a única coisa que faltou no casamento deles "foram os cartões de bingo".

Depois de terminado o jantar e entregues os poucos presentes, fez-se um último brinde, e o homem do acordeão foi embora com sua maleta. Eddie e Marguerite saíram pela porta da frente. Caía uma chuva fina e gelada, mas os noivos foram juntos, a pé, para a casa que ficava a algumas poucas quadras de distância. Marguerite usava um grosso suéter cor-de-rosa por cima do vestido de noiva, e Eddie, seu paletó branco com a camisa que lhe beliscava o pescoço. Saíram de mãos dadas, sob a luz dos lampiões. Tudo à volta deles parecia perfeitamente ajustado.

As pessoas dizem que "encontram" o amor, como se o amor fosse um objeto escondido atrás de uma pedra. Mas o amor assume muitas formas, e nunca é o mesmo para cada homem e cada mulher. O que as pessoas encontram, então, é um certo tipo de amor. E Eddie achou um certo tipo de amor com Marguerite, um amor agradecido, um amor profundo apesar de silencioso, o amor que ele conhecia, acima de tudo, insubstituível. Depois que ela se foi, seus dias perderam o viço. Ele fez seu coração adormecer.

Agora, aqui estava ela outra vez, tão jovem como no dia em que se casaram.

– Venha comigo – ela disse.

Eddie tentou se levantar, mas seu joelho doente vergou. Ela o levantou sem esforço.

– Sua perna – ela disse, olhando para a antiga cicatriz com uma terna familiaridade. Depois voltou os olhos para cima e tocou os tufos de cabelo sobre as orelhas do marido.

– Estão brancos – disse, sorrindo.

Eddie não conseguia mover a língua. Não conseguia fazer nada a não ser ficar olhando. Ela era exatamente igual à sua lembrança – mais bonita, na verdade, pois suas últimas lembranças eram de uma mulher mais velha e sofrida. Ficou ao lado dela, calado, até que Marguerite apertou seus olhos escuros e moveu os lábios maliciosamente.

– Eddie – ela disse, com uma risadinha –, você se esqueceu assim tão rápido de como eu era?

Eddie engoliu em seco.

– Eu nunca me esqueci de como você era.

Ela tocou de leve no rosto de Eddie, que sentiu uma onda de calor se espalhar pelo corpo. Fez um sinal indicando a casa e os convidados que dançavam.

– Todos os casamentos – disse ela alegremente. – Foi o que eu escolhi. Um mundo de casamentos, atrás de cada porta. Ah, Eddie, isto é uma coisa que nunca muda! A expectativa que a gente vê nos olhos dos dois quando o noivo levanta o véu, ou quando a noiva recebe a aliança, é sempre a mesma no mundo todo. Eles realmente acreditam que seu amor e seu casamento serão os melhores que já existiram.

Ela sorriu.

– Você acha que o nosso foi assim?

Eddie não sabia responder.

– Nós tivemos um tocador de acordeão – disse ele.

Saíram da recepção e subiram uma trilha de cascalhos. A música foi diminuindo até se transformar num suave ruído de fundo. Eddie queria contar a ela tudo o que acontecera. Queria lhe perguntar sobre cada pequena coisa e cada grande coisa também. Sentia-se remexido por dentro, uma ansiedade intermitente. Não fazia a menor ideia de por onde começar.

– Você passou por isso também? – ele perguntou finalmente.
– Encontrou as cinco pessoas?
Ela confirmou, movendo a cabeça.
– Cinco pessoas diferentes – ele disse.
Ela repetiu o gesto.
– Elas explicaram tudo? E foi importante?
Marguerite sorriu.
– Muito importante. – Ela tocou-lhe o queixo. – E depois eu fiquei esperando por você.
Eddie observou atentamente os olhos dela. O sorriso. Ficou imaginando se ela se sentira como ele durante a espera.

– O que você sabe sobre mim? O que você aprendeu desde...
Ele ainda tinha problemas em dizer a palavra.
– Desde que você morreu.
Ela tirou o chapéu de palha e afastou da testa a mecha de cabelos jovens e saudáveis.
– Bem, eu sei de tudo o que aconteceu enquanto estávamos juntos...
Comprimiu os lábios.
– E agora sei por que aconteceu...
Pôs as mãos sobre o peito.
– E sei também... que você me amava muito.
Ela então pegou a outra mão de Eddie. Ele voltou a ser inundado por aquela onda de calor.
– Eu não sei como você morreu – ela disse.
Eddie pensou por um momento.

– Eu também não tenho certeza – disse. – Havia uma menina, uma menininha perdida embaixo de um brinquedo, que corria perigo.

Marguerite arregalou os olhos. Parecia tão jovem. Eddie se deu conta de como era difícil falar à sua esposa sobre o dia em que ele morrera.

– Tem uns brinquedos, sabe, uns brinquedos novos, não se parecem com aqueles do nosso tempo... Agora é tudo a mil por hora. Bem, o fato é que esse brinquedo novo deixa cair lá do alto uns carros que têm que ser parados pelo freio hidráulico para poderem chegar ao chão devagarinho. Mas alguma coisa puiu o cabo, o carro se soltou, eu ainda não sei muito bem como, mas o carro caiu porque eu disse a eles para soltá-lo... Quer dizer, eu disse ao Dom, aquele rapaz que trabalha comigo agora... Não foi culpa dele... Mas eu disse para ele soltar e depois tentei voltar atrás, mas ele não conseguia me ouvir, e a garotinha estava sentada ali, e eu tentei alcançá-la. Tentei salvá-la. Cheguei a sentir suas mãozinhas, mas aí eu...

Ele parou. Ela inclinou a cabeça, pedindo que ele prosseguisse. Eddie respirou fundo.

– Eu não falava tanto desde que cheguei aqui – ele disse.

Ela moveu a cabeça e sorriu, um sorriso delicado, e ao vê-lo os olhos de Eddie marejaram de lágrimas e uma onda de tristeza o inundou. De repente, simplesmente nada disso importava, nada a respeito da sua morte, do parque, da multidão a quem ele gritara "Para trás!". Por que estava falando sobre isso? O que estava fazendo? Ele estava com ela, realmente? Como uma mágoa escondida que sobe e agarra o coração, a sua alma foi surpreendida pelas velhas emoções. Seus lábios começaram a tremer e ele foi arrastado pela correnteza de tudo o que havia perdido. Olhava para sua esposa, sua esposa morta, sua jovem esposa, a esposa que se fora antes dele, sua única esposa, e não queria olhar mais.

– Meu Deus, Marguerite – ele sussurrou. – Eu sinto tanto, tanto. Eu não sei dizer. Não sei o que dizer. – Deixou cair a cabeça entre as mãos e disse assim mesmo, disse o que todo mundo diz: – Senti tanto a sua falta.

Hoje é aniversário de Eddie

O hipódromo está cheio dos frequentadores de verão. As mulheres com chapéus de palha e os homens fumando charutos. Eddie e Noel saem cedo do trabalho para jogar no 39, a idade que Eddie está fazendo, na Dupla Exata. Estão sentados nas cadeiras de madeira da tribuna, com copos de cerveja de papel aos seus pés, em meio a um tapete de tíquetes descartados.

Há pouco, Eddie acertou no primeiro páreo do dia. Apostou metade do que ganhou no segundo páreo e ganhou também, a primeira vez que uma coisa assim lhe acontece. Isso lhe rendeu 209 dólares. Depois de perder duas vezes em apostas menores, ele jogou tudo na vitória de um cavalo no sexto páreo, porque, como ele e Noel concordaram em sua lógica exuberante, se tinha chegado ali com quase nada, que mal faria voltar para casa com quase nada?

– Pense só, se você ganhar – diz Noel –, vai ter uma grana preta para o menino.

Toca a sineta. É dada a largada. Com os cavalos embolados na reta oposta, as roupas coloridas dos jóqueis se confundem. Eddie torce pelo 8, um cavalo chamado Jersey Finch que, cotado a quatro por um, não chega a ser um mau palpite. Mas o que Noel acabara de dizer sobre "o menino" – aquele que Eddie e Marguerite estão planejando adotar – o faz ruborizar de vergonha. Aquele dinheiro viria bem a calhar. Por que é que ele faz uma coisa dessas?

A multidão se levanta. Os cavalos apontam na reta final.

Jersey Finch vem por fora, alargando a passada. Os aplausos se misturam ao tropel dos cascos. Noel berra. Eddie aperta o seu tíquete. Está mais nervoso do que gostaria. Sua pele fica arrepiada. Um cavalo salta à frente do grupo.
Jersey Finch!
Eddie tem agora quase 800 dólares.
– Preciso ligar para casa – ele diz.
– Não faça isso, vai estragar tudo – diz Noel.
– Do que é que você está falando?
– Contar a outra pessoa estraga a sua sorte.
– Você está louco.
– Não faça isso.
– Eu vou ligar para ela. Ela vai ficar feliz.
– Isso não vai deixá-la feliz.
Eddie coxeia até um telefone público e coloca uma moeda. Marguerite responde. Ele lhe dá a notícia. Noel tem razão. Ela lhe diz para vir para casa. Ele manda ela parar de dizer o que ele precisa fazer.
– Nosso bebê está para chegar – ela ralha com ele. – Você não pode continuar agindo dessa maneira.
Eddie desliga o telefone com a orelha quente. Volta para junto de Noel, que está comendo amendoim junto ao gradil.
– Deixe ver se eu adivinho – diz Noel.
Eles vão à bilheteria apostar em outro cavalo. Eddie pega o dinheiro no bolso. Uma metade dele não quer fazer isso, mas a outra quer ganhar o dobro, para quando chegar em casa jogar em cima da cama e dizer à sua mulher: "Tome aqui, compre o que você quiser!"
Noel o vê colocar as notas pela abertura do guichê. Ergue as sobrancelhas.
– Eu sei, eu sei – diz Eddie.
O que ele não sabe é que Marguerite, sem conseguir ligar

para ele de volta, resolveu ir ao hipódromo para encontrá-lo. Sente-se mal por ter se zangado com ele, ainda mais no dia do seu aniversário, e quer lhe pedir desculpas; quer também pedir que ele pare. Ela sabe que Noel vai insistir para eles ficarem até fechar – Noel sempre age assim. E como o hipódromo está a apenas dez minutos de casa, Marguerite pega a bolsa e sai pela Ocean Parkway com seu Nash Rambler de segunda mão. Vira à direita em Lester Street. O sol já se pôs, o céu está mudando. A maioria dos carros vem na direção contrária. Ela se aproxima da passarela da Lester Street, por onde os frequentadores costumavam chegar ao hipódromo subindo as escadas, passando sobre a rua e descendo as escadas do outro lado, até o dia em que os proprietários do hipódromo doaram um semáforo à cidade, o que tornou a passarela deserta a maior parte do tempo.

Nessa noite, porém, ela não está deserta. Abriga dois adolescentes que não querem ser encontrados, dois garotões de 17 anos que, horas antes, haviam sido enxotados de uma loja de bebidas depois de roubar cinco maços de cigarros e três garrafinhas de uísque. Agora, depois de beber todo o uísque e fumar todos os cigarros, entediados, eles balançam as garrafas vazias sobre a borda do gradil enferrujado.

– Você duvida? – diz um deles.

– Duvido – diz o outro.

O primeiro deixa cair a garrafa, e eles se escondem atrás da grade de ferro para observar. A garrafa passa pertinho de um carro e se espatifa na pista de rolamento.

– Uhuuu – grita o segundo. – Viu só?

– Agora quero ver você, seu cagão.

O segundo se levanta, segura a sua garrafa e escolhe o tráfego esparso da faixa da direita. Balança a garrafa de um lado para outro, tentando calcular para ela cair entre dois carros, como se aquilo fosse uma espécie de arte, e ele, uma espécie de artista.

Seus dedos se abrem. Ele quase sorri.

Doze metros abaixo, Marguerite não pensa em olhar para cima, não imagina que alguma coisa pode estar acontecendo na passarela, não pensa em outra coisa a não ser tirar Eddie do hipódromo enquanto ele ainda tem algum dinheiro. Ela se pergunta em que setor das tribunas deve procurar no exato instante em que a garrafa de Old Harper's bate no seu para--brisa fazendo voar estilhaços de vidro para todo lado. O carro dá uma guinada e vai de encontro à mureta de concreto. Expelida do carro como uma boneca, ela se choca contra a porta, o painel e o volante, rompendo o fígado, quebrando um braço e batendo a cabeça com tanta força que perde contato com os sons da noite. Não ouve as freadas dos carros. Não ouve as buzinas. Não ouve o som abafado dos tênis que descem correndo a passarela da Lester Street e se perdem na escuridão.

O amor, como a chuva, pode se nutrir do alto, deixando os casais encharcados de alegria. Às vezes, porém, na dura batalha da vida, o amor seca na superfície e é obrigado a se nutrir do chão, sugando com suas raízes para se manter vivo.

O acidente em Lester Street mandou Marguerite para o hospital. Ela teve de ficar seis meses de cama. Seu fígado rompido acabou se recuperando, mas as despesas e a demora lhes custou a adoção. A criança que eles pretendiam foi para outro casal. A culpa não declarada pelo que tinha acontecido jamais encontrou um lugar de descanso – simplesmente passava como uma sombra do marido para a mulher. Marguerite ficou calada durante um longo tempo. Eddie se deixou absorver pelo trabalho. A sombra tomava assento à mesa do casal, e eles comiam em sua presença em meio ao tilintar dos pratos e talheres. Quando falavam, era sobre coisas pequenas. A água do seu amor estava oculta embaixo das raízes. Eddie nunca mais apostou em cavalos. Seus encontros com Noel foram escasseando pouco a pouco, ambos incapazes de conversar durante o café da manhã, qualquer assunto exigindo um grande esforço.

Um parque de diversões da Califórnia introduziu os primeiros trilhos de aço tubular que serpenteavam fazendo curvas fortes, impossíveis para a madeira, e de repente as montanhas-russas que tinham quase caído no esquecimento voltaram à moda. O senhor Bullock, o proprietário do parque, encomendou para o Ruby Pier um modelo com trilhos tubulares, cabendo a Eddie supervisionar a construção. Ele dava ordens aos instaladores e controlava todos os seus movimentos. Não confiava em nada tão veloz. Ângulos de 60 graus? Ele tinha certeza de que alguém ia se machucar. De qualquer forma, aquilo lhe proporcionou uma distração.

A Concha Acústica Chão de Estrelas foi demolida. O Zíper também, assim como o Túnel do Amor, que os garotos agora achavam cafona demais. Alguns anos mais tarde, construiu-se um novo brinquedo chamado Splash que, para a surpresa de Eddie, se tornou imensamente popular. Os barcos desciam por calhas de água e caíam numa grande piscina, espalhando água para todos os lados. Eddie não conseguia entender por que as pessoas gostavam tanto de se molhar no parque, quando o oceano estava a apenas 200 metros de distância. Mas, de qualquer forma, cuidava do brinquedo, trabalhando descalço dentro d'água para que os barcos nunca escapassem de suas calhas.

Com o tempo, marido e mulher voltaram a se falar, e uma noite Eddie voltou a mencionar a adoção. Marguerite passou a mão na testa e reagiu:

– Nós já estamos velhos demais para isso.

E Eddie disse:

– O que é ser velho demais para ter um filho?

Passaram-se os anos. A criança nunca veio, mas as feridas se curaram lentamente e o companheirismo dos dois cresceu até ocupar o espaço que estavam guardando para um outro ser. De manhã, ela lhe fazia café com torradas e ele a levava de carro ao emprego na lavanderia, antes de começar seu trabalho no parque. Às vezes, ela largava cedo e vinha caminhar com ele no deque, seguia-o em suas rondas, andava nos cavalinhos do carrossel e nos carrinhos amarelos enquanto Eddie falava sobre roldanas e cabos e prestava atenção no zumbido dos motores.

Numa noite de julho, eles caminhavam à beira-mar afundando os pés descalços na areia molhada e tomando picolés de uva quando se deram conta de que eram as pessoas mais velhas da praia.

Marguerite fez um comentário sobre os biquínis, dizendo que nunca teria coragem de usar uma coisa daquelas. Eddie disse que as garotas estavam com sorte, porque, se ela resolvesse usar, os homens não iriam olhar para mais ninguém. E, embora estivesse já na casa dos 40, com os quadris um pouco mais largos e uma teia de ruguinhas se formando ao redor dos olhos, Marguerite sentiu-se imensamente agradecida e pôs-se a admirar o nariz recurvo e a queixada larga de Eddie. As águas do amor voltaram então a cair sobre eles, tão inebriantes quanto a água que lhes banhava os pés.

※

Três anos depois, ela preparava bifes de frango empanado na cozinha do apartamento, o mesmo onde ficaram morando todo esse tempo, bem depois da morte da mãe de Eddie, porque Marguerite dizia que a fazia lembrar-se do tempo em que eles eram pequenos e ela gostava de ver o velho carrossel pela janela. De repente, sem qualquer aviso, os dedos de sua mão direita começaram a se esticar incontrolavelmente. Viraram para trás. E não fechavam. O bife escorregou da sua mão e caiu na pia. Seu braço latejou. A respiração se acelerou. Ela olhava, espantada, para a própria mão, com aqueles dedos travados que pareciam pertencer a outra pessoa, como se segurassem uma enorme jarra invisível.

E tudo começou a rodar.

– Eddie? – ela chamou, mas quando ele chegou ela já estava caída no chão, inconsciente.

※

Era um tumor no cérebro, disseram os médicos, e o declínio de Marguerite seria como muitos outros: tratamentos que faziam a doença parecer menos grave, cabelo caindo em chumaços, manhãs em meio a máquinas barulhentas de radiação e noites vomitando no banheiro do hospital.

Nos últimos dias, quando o câncer já fora declarado vencedor, os médicos apenas diziam: "Descanse. Relaxe." Quando ela fazia perguntas, eles assentiam afetuosamente com a cabeça, como se seus gestos fossem remédio ministrado a conta-gotas. Ela sabia que era mera formalidade aquela maneira de usar simpatia para disfarçar a impotência. E quando um deles sugeriu que ela "pusesse seus assuntos em ordem", Marguerite pediu para deixar o hospital. A rigor, não pediu. Afirmou sua vontade.

Eddie a ajudou a subir as escadas e pendurou seu casaco enquanto ela inspecionava o apartamento. Quis cozinhar, mas ele a fez sentar-se e colocou água no fogo para um chá. Com os bifes de cordeiro que comprara no dia anterior, naquela noite ele preparou como pôde um jantar com amigos e colegas de trabalho, a maioria dos quais saudava Marguerite e sua aparência abatida com frases como "Ei, olha só quem está de volta!", como se fosse uma volta ao lar, não uma festa de despedida.

Comeram bolo de batata assado no forno e bolinhos de chocolate com calda de caramelo na sobremesa. Quando Marguerite terminou seu segundo copo de vinho, Eddie pegou a garrafa e lhe serviu um terceiro.

Dois dias depois, ela acordou gritando. Ele a levou para o hospital no silêncio da madrugada. Falavam frases curtas, perguntando qual médico estaria lá, para quem Eddie devia telefonar. E embora ela estivesse sentada no banco ao seu lado, Eddie a sentia em tudo, no volante, no pedal do acelerador, no piscar de seus olhos, no pigarro da sua garganta. Cada gesto seu estava impregnado do desejo de conservá-la.

Ela estava com 47 anos.

– Você trouxe o cartão? – ela perguntou.

– O cartão... – ele repetiu, absorto.

Ela respirou fundo, fechou os olhos e, quando voltou a falar, sua voz estava ainda mais fraca, como se aquele fôlego tivesse lhe custado muito.

– Do seguro – ela murmurou, ofegante.
– Trouxe, trouxe, sim – ele disse. – Eu estou com o cartão.

Pararam no estacionamento e Eddie desligou o motor. De repente, ficou tudo totalmente parado e quieto. Ele ouvia cada pequeno ruído, o rangido de seu próprio corpo no banco de couro, o barulho da maçaneta da porta, o sopro do ar exterior, o seu pé pisando no pavimento, o chacoalhar de suas chaves.

Abriu a porta e a ajudou a sair. Os ombros dela estavam encolhidos embaixo de seu queixo, como uma criança enregelada. O cabelo lhe caía sobre o rosto. Ela fungou e fitou o horizonte. Fez um sinal para Eddie, indicando com a cabeça a direção da roda-gigante do parque de diversões, visível à distância, toda branca, com seus carros vermelhos pendurados como bolas de árvore de Natal.

– Dá para ver daqui – ela disse.
– A roda-gigante? – ele perguntou.

Ela desviou o olhar.

– A nossa casa.

Como não tinha dormido desde que chegara ao céu, a impressão de Eddie era de não ter passado mais do que algumas horas com cada uma das pessoas com quem se encontrara. Além do mais, sem noite nem dia, sem dormir nem acordar, sem crepúsculos, marés, refeições nem horários, como é que ele ia saber?

Com Marguerite, ele só queria tempo – mais e mais tempo –,

e tempo lhe foi concedido, noites e dias inteiros. Eles entraram e saíram dos mais variados tipos de casamento e conversaram sobre tudo o que tinham vontade de conversar. Durante uma cerimônia sueca, Eddie falou a Marguerite sobre seu irmão, Joe, que dez anos antes morrera de ataque cardíaco, um mês depois de comprar uma casa num condomínio da Flórida. Num casamento russo, Marguerite perguntou se ele tinha permanecido no antigo apartamento, e ele respondeu que sim, e ela disse que isso a deixava contente. Numa cerimônia ao ar livre num povoado libanês, ele falou sobre o que lhe acontecera no céu, e ela ouviu dando a impressão de que já sabia. Falou do que o Homem Azul lhe dissera, explicando por que algumas pessoas morrem e outras vivem, e falou do capitão e de sua concepção de sacrifício. Quando falou de seu pai, Marguerite lembrou as muitas noites que Eddie passara furioso com ele, perplexo com o seu silêncio. Quando Eddie lhe contou que já tinha acertado os ponteiros com o pai, ela ergueu as sobrancelhas e descerrou os lábios, fazendo Eddie reviver uma antiga e cálida sensação que lhe fizera falta durante anos e que vinha do simples fato de fazer sua esposa feliz.

Uma noite, Eddie falou das mudanças no Ruby Pier, dos brinquedos antigos que tinham sido desmontados, do fliperama que não tocava mais música de circo, só a batida pesada do rock 'n' roll, das montanhas-russas modernas que davam voltas como parafusos com os carros pendurados nos trilhos, das "salas escuras" em que, em vez de silhuetas mal-acabadas pintadas com tinta fosforescente, agora havia telas de vídeo, como se as pessoas ficassem assistindo à televisão o tempo todo.

Falou dos nomes dos brinquedos novos. Não existiam mais o Mergulhão nem o Cambalhota. Agora as atrações se chamavam Viking, Kamikaze, Cabum, Cataclismo e Boomerang.

– Parecem estranhos, não? – disse Eddie.

– Parecem – ela reagiu, pensativa. – Como se estivesse acontecendo em outra época, com outras pessoas.

Eddie percebeu que era precisamente isso o que ele sentia havia anos.

– Eu devia ter ido trabalhar em outro lugar – ele disse. – Eu me arrependo de nunca ter saído de lá. O meu pai. A minha perna. Eu sempre me senti um completo inútil depois da guerra.

Ele viu passar uma sombra de tristeza no rosto dela.

– O que foi que aconteceu durante a guerra? – ela perguntou.

Ele tinha lhe contado muito pouco sobre a guerra. Ficara tudo subentendido. Os soldados, na época, faziam o que tinham de fazer e não falavam mais no assunto depois que voltavam para casa. Ele pensava nos homens que tinha matado. Pensava nos guardas. Pensava no sangue em suas mãos. E se perguntava se um dia seria perdoado.

– Eu me perdi – ele disse.

– Não – falou sua mulher.

– Sim – ele sussurrou, e ela não disse mais nada.

Às vezes, no céu, os dois ficavam deitados juntos. Mas não dormiam.

– Na Terra – disse Marguerite –, quando dormimos, às vezes sonhamos com a nossa ideia de céu e esses sonhos nos ajudam a construí-lo.

Mas agora não havia mais razão para sonhar com o céu.

Em vez de dormir, Eddie a abraçava e enfiava o rosto em seus cabelos, respirando longa e profundamente. A certa altura, perguntou à sua mulher se Deus sabia que ele estava ali. Ela sorriu e disse "É claro", mesmo quando Eddie admitiu que passara uma parte de sua vida se escondendo de Deus e o restante achando que ele tinha passado despercebido.

A quarta lição

Finalmente, depois de muitas conversas, Marguerite e Eddie passaram por outra porta e voltaram à pequena sala redonda. Ela se sentou no banquinho e entrelaçou os dedos. Depois, se virou para o espelho. Eddie viu o reflexo dela, mas não viu o seu.

– A noiva fica aqui, esperando – ela disse passando as mãos no cabelo e observando a própria imagem, mas parecendo estar longe. – Este é o momento em que a gente pensa no que está fazendo. Quem está escolhendo. Quem vai amar. Se está tudo bem, Eddie, este pode ser então um momento maravilhoso.

Virou-se para ele.

– Você teve de viver sem amor durante muitos anos, não teve?

Eddie não disse nada.

– Você teve a sensação de que o amor lhe foi arrancado, que eu o deixei cedo demais.

Ele se abaixou lentamente. O vestido cor de alfazema de Marguerite estava espalhado à sua frente.

– Você foi embora realmente cedo demais – ele disse.

– E você ficou zangado comigo?

– Não.

Os olhos dela brilharam.

– Está bem. Fiquei.

– Houve uma razão para tudo isso – ela disse.

– Que razão? – ele perguntou. – Como pode ter havido uma

razão? Você morreu e só tinha 47 anos. Você era a melhor pessoa que qualquer um de nós conhecia, mas você morreu e perdeu tudo. E eu perdi tudo. Eu perdi a única mulher que amei na vida. Ela pegou as mãos dele.

– Não, não perdeu. Eu estava aqui. E você me amava de qualquer forma. Amor perdido ainda é amor, Eddie. Ele assume uma outra forma, só isso. Você não pode vê-lo sorrir, não pode lhe trazer o jantar, não lhe faz cafuné nem rodopia com ele pelo salão. Mas, quando esses prazeres enfraquecem, outro toma o seu lugar: a lembrança. A lembrança se torna sua parceira. Você a alimenta. Você a segura. Você dança com ela. A vida tem que acabar – disse ela. – O amor não.

Eddie pensou nos anos que se seguiram à morte de sua esposa. Era como olhar por cima de uma cerca. Ele tinha consciência de que havia vida do outro lado, mas sabia que nunca faria parte dela.

– Eu nunca quis nenhuma outra pessoa – ele falou calmamente.

– Eu sei – disse ela.

– Eu ainda era apaixonado por você.

– Eu sei. – Ela reconheceu com um gesto. – Eu senti isso.

– Aqui? – ele perguntou.

– Mesmo aqui – ela respondeu sorrindo. – Para você ver como pode ser forte o amor perdido.

Ela se levantou e abriu uma porta. Eddie pestanejou e foi atrás dela. Era uma sala pouco iluminada, com cadeiras dobráveis e um tocador de acordeão sentado num canto.

Marguerite estendeu os braços. E, pela primeira vez no céu, ele tomou a iniciativa e veio até ela, ignorando a perna, ignorando todas as associações desagradáveis que fizera entre dança, música e casamentos, percebendo agora que, na verdade, tudo aquilo estava ligado à solidão.

– A única coisa que falta são os cartões de bingo – sussurrou Marguerite, segurando o ombro dele.

Com um sorriso largo, Eddie a enlaçou pela cintura.
– Posso lhe perguntar uma coisa? – ele disse.
– Pode.
– Por que você está como no dia em que eu me casei com você?
– Eu achei que você fosse gostar assim.
Ele pensou por um momento.
– Você pode mudar?
– Mudar? – Ela o olhou de um jeito divertido. – E ficar como?
– Como você era no fim.
Ela abaixou os braços.
– Eu não estava tão bonita no fim.
Eddie balançou a cabeça, como se dissesse que não era verdade.
– Pode?
Depois de um instante, ela voltou para os braços dele. O homem do acordeão tocou as notas que eles já conheciam. Ela cantarolava no ouvido de Eddie enquanto os dois dançavam juntinhos, bem devagar, rememorando um ritmo que marido e mulher só dividem entre si.

Você me fez amar você
eu não queria fazer isso
eu não queria fazer isso...
Você me fez amar você
você sabia o tempo todo
você sabia o tempo todo...

Quando ele moveu a cabeça para trás, Marguerite voltara aos 47 anos, com as rugas nos cantos dos olhos, o cabelo mais fino e a pele um pouco flácida embaixo do queixo. Ela sorriu. Ele sorriu também, e para Eddie sua mulher era tão bonita como sempre.

Depois, ele fechou os olhos e disse pela primeira vez o que vinha sentindo desde o momento em que voltara a vê-la:
– Eu não quero ir adiante. Quero ficar aqui.

Quando ele abriu os olhos, seus braços ainda guardavam a forma do corpo de sua mulher, mas ela tinha ido embora, assim como tudo o mais.

SEXTA-FEIRA, 3:15 DA TARDE

Dominguez apertou o botão e a porta se fechou com um estrondo. A janelinha de dentro se alinhou com a janelinha de fora. O elevador deu um solavanco e começou a subir. Pelo vidro, ele viu o saguão desaparecer.

– Não consigo acreditar que este elevador ainda funcione – disse Dominguez. – Deve ser do século passado.

O homem ao seu lado, um procurador do Estado, fez um ligeiro gesto de assentimento, fingindo interesse. Tirou o chapéu forrado e ficou observando os números se acenderem no painel de bronze. Era seu terceiro compromisso do dia. Mais um, e ele poderia ir para casa jantar.

– Eddie não tinha muitas posses – disse Dominguez.

– Então não vamos demorar – disse o homem, enxugando a testa com um lenço.

Depois de oscilar um pouco, o elevador parou, a porta se abriu e eles saíram em direção ao 6B. Pelo corredor, que ainda conservava os azulejos em xadrez preto e branco da década de 1960, espalhava-se um cheiro de comida no fogo – alho e batatas fritas. O administrador lhes dera a chave e um prazo. A quarta-feira seguinte. O apartamento tinha de estar vazio para o novo morador.

– Uau... – disse Dominguez, assim que abriu a porta e entrou na cozinha. – Muito em ordem para um velho. – A pia estava limpa. As bancadas, vazias. "Deus sabe", pensou ele, "que a sua casa nunca estava arrumada desse jeito."

– Apólices? – perguntou o procurador. – Extratos bancários? Joias?

Ao pensar em Eddie usando joias, Dominguez quase riu. E se deu conta de como sentia a falta do velho, de como era estranho não tê-lo no píer dando ordens e cuidando de tudo, como uma mãe superprotetora. Eles nem sequer tinham esvaziado o seu armário. Ninguém teve coragem. Deixaram as coisas dele na oficina, no mesmo lugar onde estavam, como se Eddie fosse voltar no dia seguinte.

– Não sei. Por que o senhor não dá uma olhada naquele móvel do quarto de dormir?

– A cômoda?

– Isso. O senhor sabe, eu só estive lá uma vez. Eu realmente só convivia com Eddie no trabalho.

Dominguez se inclinou sobre a mesa e olhou pela janela da cozinha. Viu o velho carrossel. Aí olhou o seu relógio. "Por falar em trabalho", pensou consigo mesmo.

O procurador abriu a gaveta de cima da cômoda do quarto. Empurrou para o lado os pares de meias perfeitamente enroladas uma dentro da outra e as cuecas brancas cuidadosamente alinhadas pelo cós. Escondida debaixo delas havia uma velha caixa forrada de couro, com jeito de coisa importante. Abriu-a na esperança de uma rápida descoberta. Franziu o cenho. Nada de importante. Nenhum extrato bancário. Nenhuma apólice de seguro. Só uma gravata-borboleta preta, um cardápio de restaurante chinês, um baralho velho, uma carta com uma medalha do Exército e uma foto desbotada de um homem ao lado de um bolo de aniversário, cercado de crianças.

– Ei – chamou Dominguez da outra porta –, é isso que o senhor está procurando?

Apareceu com um maço de cartas que tinha encontrado no armário da cozinha, algumas de uma agência bancária local, outras do Departamento dos Veteranos de Guerra. O procurador manuseou o maço e disse, sem levantar os olhos:

– É o bastante. – Puxou um extrato bancário e registrou mentalmente o valor. Depois, como costumava acontecer nessas visitas, congratulou-se consigo mesmo, em silêncio, por seu próprio extrato bancário, sua carteira de ações e seu plano de aposentadoria. Muito melhor do que acabar como esse pobre-diabo, que não tinha nada para apresentar além de uma cozinha limpa.

A quinta pessoa que Eddie encontra no céu

Branco. Agora só havia branco. Não havia terra, não havia céu, não havia horizonte. Só um branco puro e quieto, silencioso como a neve caindo num tranquilo amanhecer.

Branco era tudo o que Eddie via. E tudo o que ouvia era a sua própria respiração lenta e penosa, seguida de seu próprio eco. Ele inspirava e ouvia uma inspiração mais alta. Expirava e o eco expirava também.

Eddie apertou os olhos fechados. O silêncio é pior quando se sabe que não será quebrado, e Eddie o sabia. Sua mulher fora embora. Ele a queria desesperadamente, um minuto mais, meio minuto mais, cinco segundos, mas não havia como chegar até ela, chamá-la, acenar-lhe, sequer ver a sua imagem. Sentia-se como se tivesse rolado uma escada e se arrebentado no chão. Sua alma estava vazia. Não tinha nenhum impulso. Pendia do nada, inerte e sem vida, como se estivesse pendurado num gancho, como se todos os fluidos tivessem sido drenados de seu corpo. Deve ter ficado assim um dia inteiro, um mês, quem sabe. Talvez um século.

Foi somente com a chegada de um ruído baixo, porém persistente que despertou, levantando as pálpebras com esforço. Já estivera em quatro lugares no céu, encontrara quatro pessoas e, se era verdade que a chegada de cada uma delas fora um acontecimento perturbador, algo lhe dizia que a próxima seria completamente diferente.

A vibração sonora voltou, agora mais alta. Obedecendo ao seu inseparável instinto de defesa, Eddie cerrou os punhos e descobriu que sua mão direita apertava o cabo de uma bengala. Tinha os braços salpicados de manchas escuras, e as unhas, pequenas e amareladas. Suas pernas nuas exibiam as erupções vermelhas – herpes-zóster – que lhe apareceram nas últimas semanas de vida na Terra. Desviou o olhar para não constatar as evidências do seu acelerado declínio. Na contagem humana, seu corpo estava perto do fim.

Ouviu aquele som novamente, um trinado agudo feito de guinchos e pausas irregulares. Era o mesmo som que Eddie ouvia em seus pesadelos quando era vivo, e esta lembrança o fez estremecer: o povoado, o fogo, Smitty e este ruído, este chiado estridente que, no final, saiu de sua própria garganta quando tentou falar.

Cerrou os dentes, como se isso pudesse fazê-lo parar, mas o som continuou, como um alarme que permanece ignorado, até Eddie gritar em meio ao branco asfixiante:

– O que é isto? O que é que você quer?

Com seu grito, o ruído agudo passou ao segundo plano e a ele se superpôs outro ruído, um rumor vago e implacável – o som das águas de um rio –, e a brancura se converteu em uma mancha solar refletida em águas tremeluzentes. O chão surgiu embaixo dos pés de Eddie. Sua bengala tocou em alguma coisa sólida. Estava no alto de uma barragem, onde uma brisa lhe batia no rosto e a névoa cobria sua pele com um verniz úmido. Ao olhar para baixo, viu no rio a fonte daqueles guinchos assustadores, e foi então invadido pela sensação de alívio do sujeito que descobre, com um taco de beisebol na mão, que não há nenhum intruso na casa. O som, aquele guincho agudo, penetrante e sibilante, era simplesmente uma cacofonia de vozes de crianças, milhares delas, brincando nas águas do rio, gritando no meio de risos inocentes.

"Então foi com isso que eu estive sonhando?", ele pensou. "Todo esse tempo? Por quê?" Observou aqueles corpos pequenos, pulando e chapinhando na água, alguns carregando baldes enquanto outros rolavam na relva. Notou uma certa calma, não havia sinal das disputas comuns entre crianças. Notou também outra coisa. Não havia adultos. Nem adolescentes. Eram todas crianças pequenas, de pele bem morena, aparentemente tomando conta de si mesmas.

E então os olhos de Eddie foram atraídos para um penedo branco. Em pé sobre ele, separada das outras crianças, uma garotinha magra olhava em sua direção. Ela acenou com as duas mãos para que ele se aproximasse. Eddie hesitou. Ela sorriu. Acenou outra vez e moveu a cabeça como dizendo: "Sim, você mesmo."

Eddie abaixou sua bengala para descer o barranco. Desgalhou, seu joelho ruim envergou e suas pernas cederam. Mas, antes de cair, uma repentina rajada de vento bateu em suas costas, empurrando-o para a frente e endireitando-lhe o corpo. E lá estava ele, de pé na frente da garotinha, como se tivesse estado ali o tempo todo.

Hoje é aniversário de Eddie

Hoje, sábado, Eddie faz 51 anos. O seu primeiro aniversário sem Marguerite. Ele prepara café solúvel num copo de papel e come duas torradas com margarina. Nos anos que se seguiram ao acidente de sua esposa, Eddie baniu as comemorações de aniversário, dizendo: "Que motivo eu tenho para que me lembrem que dia é hoje?" Era Marguerite quem insistia. Fazia o bolo. Convidava os amigos. Sempre comprava um saco de balas puxa-puxa e o amarrava com uma fita. "Você não pode desistir do seu aniversário", ela dizia.

Agora que ela partiu, Eddie tenta. No trabalho, alto e solitário como um alpinista, ele inspeciona cada curva da montanha-russa. À noite, assiste à televisão em seu apartamento. Vai dormir cedo. Nenhum bolo. Nenhum convidado. Não é difícil agir automaticamente quando você se sente uma espécie de autômato e quando todos os dias têm a cor desbotada da derrota.

Hoje, quarta-feira, Eddie faz 60 anos. Chega cedo à oficina. Abre um saco de comida e tira um pedaço de salsicha de dentro de um pão. Coloca-o num anzol e desce a linha pelo buraco de pesca. Observa-o flutuar. Finalmente, ele desaparece, engolido pelo mar.

Hoje, sábado, Eddie faz 68 anos. Espalha seus remédios sobre a bancada da cozinha. O telefone toca. É o seu irmão, Joe, ligando da Flórida. Joe lhe deseja um feliz aniversário. Joe *fala sobre seu neto e sobre uma casa num condomínio. Eddie diz "aham" pelo menos cinquenta vezes.*

Hoje, segunda-feira, Eddie faz 75 anos. Põe os óculos e verifica os relatórios de manutenção. Percebe que alguém faltou ao serviço na noite anterior e que o freio da Lagarta Serelepe não foi testado. Suspira, tira uma tabuleta da parede – BRINQUEDO FECHADO TEMPORARIAMENTE PARA MANUTENÇÃO – e a leva pelo deque até a entrada da Lagarta Serelepe, onde ele próprio verifica o painel do freio.

Hoje, terça-feira, Eddie faz 82 anos. Um táxi chega à entrada do parque. Ele se acomoda no banco da frente, trazendo consigo a bengala.
– *A maioria prefere ir atrás – diz o motorista.*
– *O senhor se importa? – pergunta Eddie.*
O motorista dá de ombros.
– *Não, não me importo.*
Eddie vai olhando para a frente. Evita dizer que desse modo tem um pouco a sensação de estar dirigindo e que não dirige desde que lhe recusaram a licença dois anos antes.

O táxi o leva ao cemitério. Ele visita os túmulos da mãe e do irmão, e fica diante do túmulo do pai somente por um instante. Como de costume, deixa o da esposa para o final. Inclina-se sobre a bengala, olha para a lápide e pensa em muitas coisas. Puxa-puxa. Pensa em balas puxa-puxa. Pensa que elas agora lhe arrancariam os dentes, mas que comeria assim mesmo se isso significasse comer junto com ela.

A última lição

Parecia uma garotinha asiática, de 5 ou 6 anos de idade, com uma bonita tez cor de canela, cabelos cor de ameixa, nariz pequeno e achatado, lábios cheios alegremente derramados sobre a banguela e olhos absolutamente cativantes, negros como azeviche, com uma cabecinha de alfinete branca no lugar da pupila. Ela sorria e agitava as mãos, excitada, até Eddie se aproximar um passo mais, quando então se apresentou.
– Tala – disse ela, colocando as palmas das mãos sobre o peito.
– Tala – Eddie repetiu.
Ela sorria como se um jogo tivesse se iniciado. Apontou para a própria blusa bordada, displicentemente jogada sobre os ombros e molhada da água do rio.
– *Baro* – disse ela.
– *Baro*.
Tocou no tecido vermelho que lhe envolvia o torso e as pernas.
– *Saya*.
– *Saya*.
Aí vieram os sapatos, uma espécie de tamanco – *bakya* –, depois as conchas iridescentes junto aos seus pés – *capiz* –, depois a esteira de bambu trançado – *banig* – que se estendia à sua frente. Fez um gesto para Eddie se sentar na esteira e sentou-se, ela também, com as pernas enroscadas debaixo do corpo.

Nenhuma das outras crianças parecia notar a presença de Eddie. Elas brincavam na água e juntavam pedras do fundo do rio. Eddie observou um menino esfregando uma pedra no corpo de outro, descendo pelas costas e embaixo dos braços.

– Lavando – disse a menina. – Como as nossas *inas* lavavam.

– *Inas?* – disse Eddie.

Ela examinou o rosto de Eddie.

– Mamães – disse ela.

Eddie escutara muitas crianças em sua vida, mas na voz desta ele não detectou nenhum traço da hesitação que as crianças costumam ter ao falar com os adultos. Ficou imaginando se ela e as outras crianças tinham escolhido este paraíso à beira do rio ou se, dadas as poucas lembranças que traziam, esta paisagem serena fora escolhida para elas.

A menina apontou para o bolso da camisa de Eddie. Ele olhou para baixo. Os limpadores de cachimbo.

– Isto aqui? – ele perguntou. Pegou os limpadores e começou a torcê-los, como fazia em sua época no píer. Ela se ajoelhou para observar melhor o que ele fazia. As mãos dele tremiam.

– Está vendo? É um... – ele deu uma última torcida – ... cachorro.

Ela pegou o bichinho e sorriu – um sorriso que Eddie já vira mil vezes.

– Gostou? – ele disse.

– Você queimou eu – disse ela.

༄

Eddie sentiu os dentes se cerrarem.

– O que foi que você disse?

– Você queimou eu. Você pôs fogo em mim.

A voz dela era monótona, como uma criança recitando uma lição.
– Minha *ina* disse para esperar dentro da *nipa*. Minha *ina* disse para eu esconder.
Eddie baixou a voz e escolheu vagarosamente as palavras.
– Do que... você estava se escondendo, menininha?
Ela brincou com o cachorrinho entre os dedos, depois o mergulhou na água.
– *Sundalong* – ela disse.
– *Sundalong?*
Ela ergueu os olhos.
– Soldado.
Eddie sentiu a palavra como uma faca cortando sua língua. Imagens faiscaram em sua cabeça. Soldados. Explosões. Morton. Smitty. O capitão. Os lança-chamas.
– Tala – ele sussurrou.
– Tala – ela disse sorrindo ao ouvir o próprio nome.
– Por que você está aqui, no céu?
Ela abaixou o bichinho.
– Você queimou eu. Você pôs fogo em mim.
Eddie sentiu uma ferroada atrás dos olhos. Sua mente disparou. Sua respiração se acelerou.
– Você estava nas Filipinas... a sombra... naquela cabana.
– A *nipa*. Minha *ina* disse que lá seguro. Eu esperei ela. Seguro. Depois grande barulho. Grande fogo. Você queimou eu. – Ela ergueu os ombros estreitos. – Não seguro.
Eddie engoliu em seco. Suas mãos tremiam. Olhou dentro dos olhos grandes e negros da menina e tentou sorrir, como se fosse um remédio de que a menininha precisasse. Ela sorriu também, o que só serviu para despedaçá-lo. Sua cabeça pendeu e ele escondeu o rosto nas mãos. Seus ombros caíram e seus pulmões se esvaziaram. A escuridão que o envolvera durante

todos aqueles anos afinal se revelava, e era real, de carne e osso, esta criança, esta linda criança, ele a matara, a queimara viva, ele merecera todos aqueles pesadelos. Então ele tinha visto algo! Aquela sombra entre as chamas! A morte pelas suas mãos! Pelas suas próprias mãos furiosas! Uma torrente de lágrimas desceu--lhe pelos dedos e sua alma pareceu afundar.

Eddie gemia de dor, e de dentro de si saiu um uivo como ele nunca ouvira antes, um uivo que vinha das entranhas do seu ser, um uivo que revolveu as águas do rio e agitou o ar enevoado do céu. Seu corpo se convulsionou e sua cabeça sacudiu furiosamente até aquele uivo dar lugar a uma torrente de frases ditas como que em oração, cada palavra sendo expelida num ímpeto ofegante de confissão: "Eu matei você, EU MATEI VOCÊ", depois, num sussurro, "Perdoe-me", depois "PERDOE-ME, MEU DEUS..." e, finalmente, "O que foi que eu fiz... O QUE FOI QUE EU FIZ?...".

Chorou e chorou, até restar apenas um tremor. Ajoelhado na esteira, ele tremia em silêncio, balançando-se de um lado para outro diante da garotinha de cabelo escuro que brincava com seu bichinho de limpador de cachimbo na margem do rio.

∽

Quando sua angústia amainou, Eddie sentiu uns tapinhas no ombro. Ergueu os olhos e viu Tala estendendo-lhe uma pedra.

– Você me lava – disse ela. Entrou na água e ficou de costas para Eddie. Puxou o *baro* bordado sobre a cabeça.

Eddie recuou. A pele dela tinha queimaduras horríveis, o torso e os ombros totalmente carbonizados e empolados. Quando ela se virou, seu rosto bonito e inocente apareceu coberto de cicatrizes horrendas. Os cantos de seus lábios caíram. Tinha somente um olho aberto. Havia perdido tufos de cabelo junto com o couro cabeludo queimado, agora coberto de crostas endurecidas.

– Você me lava – disse ela outra vez, estendendo-lhe a pedra.

Eddie se arrastou para dentro do rio. Pegou a pedra. Seus dedos tremiam.

– Eu não sei... – ele disse, num murmúrio quase inaudível. – Eu nunca tive filhos.

Ela ergueu a mão carbonizada. Eddie a pegou delicadamente e começou a esfregar a pedra em seu braço, bem devagar, até as cicatrizes começarem a se soltar. Esfregou com mais força e elas descamaram. Com um pouco mais de esforço, a carne queimada caiu, deixando ver a carne saudável. Ele virou a pedra e começou a esfregar as costas da menina, seus ombros pequenos, sua nuca e, finalmente, o rosto, a testa e a pele atrás das orelhas.

Ela se recostou nele, pousou a cabeça em seu peito e fechou os olhos, como que adormecendo. Ele lhe massageou delicadamente as pálpebras. Fez o mesmo com os lábios e as crostas da cabeça, até o cabelo cor de ameixa começar a brotar das raízes e o rosto que ele vira no início surgir outra vez à sua frente.

Quando ela despertou, seus olhos luziram como dois faróis.

– Eu... cinco – ela sussurrou.

Eddie abaixou a pedra e estremeceu. Sua respiração era curta e ofegante.

– Cinco... hã... cinco anos?...

Ela balançou a cabeça, dizendo que não. E levantou cinco dedos e os empurrou contra o peito de Eddie, como dizendo seu cinco. A sua quinta pessoa.

Soprava uma brisa morna. Uma lágrima rolou na face de Eddie. Tala a observou como uma criança examina um inseto na relva. Depois falou, no espaço que havia entre eles.

– Por que triste? – quis saber.

– Por que estou triste? – ele sussurrou. – Aqui?

Ela apontou para baixo.

– Lá.

Eddie soluçou, um último soluço disponível, como se o seu peito estivesse vazio. Renunciara a todas as barreiras; não se tratava mais de uma conversa entre adulto e criança. E ele disse o que já tinha dito a Marguerite, a Ruby, ao capitão, ao Homem Azul e, mais do que a qualquer outro, a si mesmo.

– Eu era triste por não ter feito nada na vida. Não fui nada. Não realizei nada. Eu me perdi. Era como se eu não devesse estar ali.

Tala tirou da água o cachorro feito de limpador de cachimbo.

– Devia estar ali – disse.

– Onde? No Ruby Pier?

Ela fez que sim com a cabeça.

– Consertando brinquedos? Foi essa a minha existência? – Deu um profundo suspiro. – Por quê?

Ela inclinou a cabeça, como se fosse óbvio.

– Crianças – ela disse. – Você protegeu crianças. Você fez bem para mim.

Ela esfregou o cachorrinho na camisa dele.

– É onde você devia estar – disse ela, tocando-lhe no aplique da camisa com um risinho e acrescentando as palavras: "Eddie Ma-nu-ten-ção".

Eddie se atirou na água corrente. Todas as pedras de suas histórias estavam ao seu redor, embaixo da superfície, tocando-se umas às outras. Sentiu que sua forma se fundia, se dissolvia, e que não tinha muito tempo, que o que quer que viesse depois das cinco pessoas que você encontra no céu estava além dele agora.

– Tala? – ele sussurrou.
Ela ergueu os olhos.
– E a garotinha no píer? Você sabe dela?
Tala olhou para as pontas dos próprios dedos e fez que sim com a cabeça.
– Eu a salvei? Eu consegui puxá-la?
Tala balançou a cabeça.
– Puxar não.
Eddie estremeceu. Abaixou a cabeça. Então era isso. O final da história.
– Empurrar – disse Tala. – Você empurrou pernas dela. Não puxou. Coisa grande caiu. Você salvou ela.
Eddie fechou os olhos, sem acreditar no que ouvira.
– Mas eu senti as mãos dela – disse. – É a única coisa que eu lembro. Não posso tê-la empurrado. Eu senti as mãos dela.
Tala sorriu, pegou um pouco da água do rio, depois colocou os dedinhos molhados nas mãos adultas de Eddie. Ele percebeu imediatamente que eles já tinham estado ali.
– Não eram as mãos dela – disse. – Eram as minhas. Eu trouxe você para o céu. Eu protegi você.

Com isso, o rio subiu rapidamente, envolvendo a cintura, o peito e os ombros de Eddie. Antes que ele pudesse tomar outro fôlego, o barulho das crianças desapareceu, submerso numa correnteza forte, porém silenciosa. Com os dedos ainda entrelaçados aos de Tala, ele sentiu seu corpo ser separado da alma, a carne dos ossos, e assim se foram toda a dor e todo o cansaço que sempre tivera dentro de si, todas as cicatrizes, todas as feridas, todas as lembranças sofridas.

Não era mais nada agora, apenas uma folha na água que o empurrava delicadamente por entre a sombra e a luz, por entre tons de azul e marfim e verde-limão e preto, e Eddie percebeu que todas essas cores, desde o começo, eram as emoções da sua vida. Foi levado por entre as ondas de um grande oceano escuro até emergir como uma luz brilhante sobre uma cena quase inimaginável.

Era um píer com milhares de pessoas, homens e mulheres, pais, mães e crianças – muitas crianças –, crianças do passado, do presente e outras que ainda não tinham nascido, lado a lado, de mãos dadas, de boné e calça curta, lotando o deque, os brinquedos e as plataformas de madeira, sentadas nos ombros e no colo umas das outras. Elas estavam lá por causa das coisas simples e comuns que Eddie fizera na vida, dos acidentes que prevenira, dos brinquedos que mantivera seguros, das providências que tomara todos os dias sem ninguém perceber. E, embora os lábios delas não se movessem, Eddie ouvia suas vozes, mais vozes do que jamais poderia imaginar, e sobre ele desceu uma paz que nunca conhecera. Agora estava livre das mãos de Tala e flutuava sobre a areia e o deque, sobre os telhados dos estandes e as agulhas do passeio central, rumo ao topo da grande roda-gigante branca onde um carro, balançando suavemente, trazia uma mulher com um vestido amarelo – sua mulher, Marguerite, que o esperava de braços abertos. Ele lhe abriu os braços, viu o seu sorriso e suas vozes se fundiram numa expressão vinda de Deus:
– A nossa casa.

Epílogo

O parque do Ruby Pier reabriu três dias depois do acidente. O episódio da morte de Eddie esteve nos jornais durante uma semana, até ser substituído por outras notícias, outras mortes.

O brinquedo chamado Cabum do Freddy esteve fechado durante a temporada, mas reabriu no ano seguinte com outro nome: Calafrio. Visto pelos adolescentes como um símbolo de coragem, ele atraía muitos frequentadores, fazendo a satisfação dos proprietários.

O apartamento de Eddie, o mesmo onde ele crescera, foi alugado para outra pessoa que colocou um vitral na janela da cozinha, obscurecendo a vista do velho carrossel. Dominguez, que concordou em assumir o posto de Eddie, guardou todos os pertences dele num baú no fundo da oficina, junto com o acervo do Ruby Pier, que incluía fotos da entrada original.

Nicky, o rapaz cuja chave cortara o cabo, mandou fazer uma nova chave e vendeu o carro quatro meses depois. Ele voltou muitas vezes ao Ruby Pier, gabando-se com os amigos de que o parque fora batizado com esse nome em homenagem à sua avó.

As estações se sucederam. E sempre que as aulas terminavam e os dias iam ficando mais longos, as pessoas voltavam ao parque de diversões junto ao oceano escuro – não era tão grande quanto os parques temáticos, mas era bastante grande assim mesmo. Chega o verão, a alegria retorna, o litoral acena com a música das ondas, e as pessoas acorrem aos carrosséis e rodas-gigantes, refrigerantes e algodão-doce.

Formavam-se filas no Ruby Pier – iguais a uma fila que se formava em outro lugar: cinco pessoas, cinco lembranças escolhidas, esperando que uma garotinha chamada Amy, ou Annie, crescesse, amasse, envelhecesse, morresse e tivesse finalmente suas perguntas respondidas: por que e para que tinha vivido. E nessa fila um velho de suíças, com um boné de pano e um nariz adunco, esperava, num lugar chamado Concha Acústica Chão de Estrelas, para partilhar a sua parte do segredo do céu: que cada vida afeta outra, e essa outra afeta a seguinte, e que o mundo está cheio de histórias, mas todas as histórias são uma só.

Agradecimentos

O autor quer agradecer a Vinnie Curci, da Amusements of America, e a Dana Wyatt, diretora de operações da Pacific Park, no Santa Monica Pier. Sua assistência no trabalho de pesquisa para este livro foi imprescindível, e seu orgulho em proteger os frequentadores dos parques de diversões é digno de louvor. Obrigado também ao Dr. David Collon, do Henry Ford Hospital, pelas informações sobre ferimentos de guerra. E a Kerri Alexander, que lida, e muito bem, com todas as coisas.

Quero deixar registrado meu profundo reconhecimento a Bob Miller, Allen Archer, Will Schwalbe, Leslie Wells, Jane Comins, Katie Long, Michael Burkin e Phil Rose, por acreditarem em mim; a Janine, que ouviu muitas vezes, pacientemente, a leitura em voz alta deste livro; a Rhoda, Ira Cara e Peter, com quem compartilhei minha primeira roda-gigante; e ao meu tio, o verdadeiro Eddie, que me contou suas histórias muito antes de eu contar a minha.

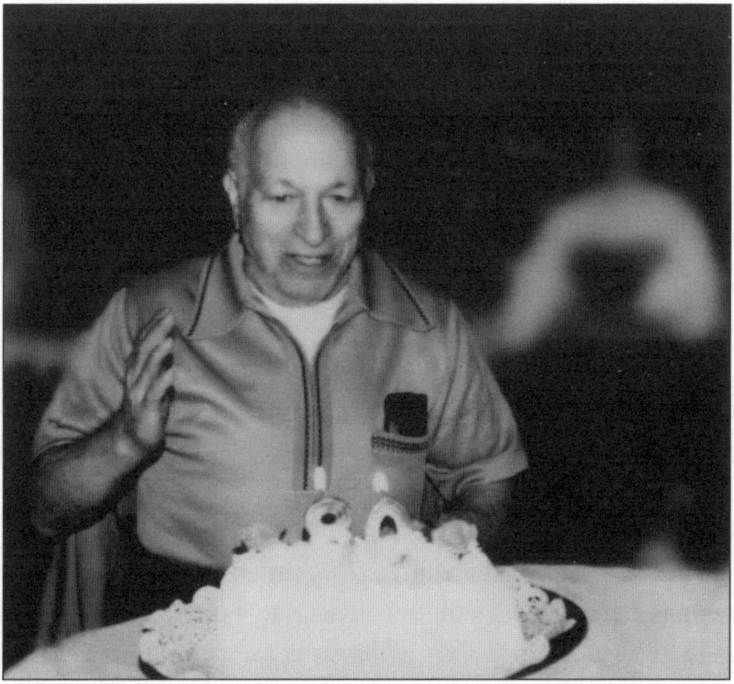

CONHEÇA OUTROS TÍTULOS DO AUTOR

A última grande lição

Cada um de nós teve na juventude uma figura especial que, com paciência, afeto e sabedoria, nos ajudou a escolher caminhos e olhar o mundo por uma perspectiva diferente. Talvez tenha sido um avô, um professor ou um amigo da família – uma pessoa mais velha que nos compreendeu quando éramos jovens, inquietos e inseguros.

Para Mitch Albom, essa pessoa foi Morrie Schwartz, seu professor na universidade. Vinte anos depois, eles se reencontraram quando o velho mestre estava à beira da morte. Com o contato e a afeição restabelecidos, Mitch passou a visitar Morrie todas as terças-feiras, tentando sorver seus últimos ensinamentos.

Durante quatorze encontros, eles trataram de temas fundamentais para a felicidade e a realização humana. Através das ágeis mãos de Mitch e do bondoso coração de Morrie nasceu esse livro, que nos transmite maravilhosas reflexões sobre amor, amizade, medo, perdão e morte.

Com mais de 15 milhões de exemplares vendidos no mundo, esse livro foi o último desejo de Morrie e sua última grande lição: deixar uma profunda mensagem sobre o sentido da vida. Transmitida com o esmero de um aluno dedicado, essa comovente história real é uma verdadeira dádiva para o mundo.

O guardião do tempo

Dhor sempre foi obcecado por enumerar coisas. Quando percebeu um padrão entre o nascer e o pôr do sol – que se repetiam um após o outro, infinitamente –, ele aprendeu a contar os dias. Ao descobrir que a lua mudava de forma e depois voltava ao seu formato original, passou a contar os meses.

Sem saber, movido por uma curiosidade ingênua, Dhor estava aprisionando a maior dádiva de Deus: o tempo. E pagaria um preço alto por isso, sendo banido para uma caverna durante seis milênios.

Imune aos efeitos dos anos, passava seus dias sozinho, forçado a ouvir as vozes das pessoas implorando por mais minutos, mais dias, mais anos – querendo esticar os momentos de felicidade e encolher os instantes de sofrimento.

Depois de compreender o mal que havia criado ao fazer a vida girar em torno de um relógio, Dhor é mandado de volta à Terra com uma missão: ensinar a duas pessoas o verdadeiro sentido do tempo.

Ele escolhe uma adolescente desiludida, prestes a pôr fim à própria vida, e um homem de negócios rico e poderoso que pretende desafiar a morte e viver para sempre.

Cada um à sua maneira, eles precisam entender que o tempo é um dom precioso, que não pode ser desperdiçado nem manipulado. Para salvar a própria alma e concluir sua jornada, Dhor precisará salvá-los. Antes que o tempo se esgote – para todos.

CONHEÇA OS TÍTULOS DE MITCH ALBOM

Ficção

As cinco pessoas que você encontra no céu
A próxima pessoa que você encontra no céu
As cordas mágicas
O primeiro telefonema do céu
O guardião do tempo
Por mais um dia
O estranho que veio do mar

Não ficção

A última grande lição
Tenha um pouco de fé
Um milagre chamado Chika

Para saber mais sobre os títulos e autores da Editora Sextante,
visite o nosso site e siga as nossas redes sociais.
Além de informações sobre os próximos lançamentos,
você terá acesso a conteúdos exclusivos
e poderá participar de promoções e sorteios.

sextante.com.br